中公文庫

眠れない夜は体を脱いで

彩瀬まる

中央公論新社

目次

眠れない夜は体を脱いで

小鳥の爪先《つまさき》

そばに、ましろが寄ってきている。軽い羽音に続いて、白く密度の高い和毛《にこげ》が耳のふちをくすぐる。熱心に世話をしているわけでもないのに、どうしてやたらとなついてくるのだろう。わずらわしくなって、とっさに片手で耳元を払う。

冷たくてなめらかなものに、ぺちんと額《ひたい》を引っぱたかれた。

「ほら、本によだれ、垂らさない」

頭上から声が降ってくる。

熱い血が勢いよく脳へと送りこまれ、和海《かずみ》は弾《はじ》かれたように目を覚ました。網膜に虹色の星が散らばり、急な覚醒《かくせい》に眩暈《めまい》がする。

耳をかすめる、風でふくらんだカーテンの向こう側。目の前に、腕組みをした西本《にしもと》ゆかり先生が立っていた。白い耳がすっきりとさらけ出された黒髪のベリーショート。化粧は薄めで、目鼻が整ったそこそこの美人だけど、目つきと口ぶりがどこか冷たい。俺らを見る目が犬とか虫とかを見る目と同じな気がする、と男子からは好かれるよりも怖がられている。年は二十代後半か、三十代のはじめぐらいだと思うが、大人の女の年はよく分からない。いつも通りの淡泊な眼差《まなざ》しを受け止め、和海はへらりと頰《ほお》を崩した。

「ゆかりさん、今日もきれいっすね」

「気安く呼ぶな。あと、あんたにきれいとか言われたくないね。バカ言ってないで早く帰りなさい。もう最終下校時刻だよ」

しっし、と手の甲で追い払われて、和海は頰に笑顔を残したまま席を立った。枕にしていた、昭和初期の飛行機設計士の半生を綴《つづ》ったぶ厚い伝記本を書架へと戻す。ゆかりさんさよなら、と去り際に愛嬌《あいきょう》を振りまくも、貸し出しカウンターに頰杖《ほおづえ》をついた彼女は自分の爪《つめ》を眺めるばかりで、ちらりとも顔を上げなかった。

昇降口で靴を履きかえ、夕焼けに染まる校門に十分ほどもたれていると、背後から声がかかった。バドミントンのラケットケースを背負った梓《あずさ》がそばの友人二人に手を合わせ、弾けるような笑顔で駆け寄ってくる。

「待った？」

「いや、今来たばかり」

「なんか、カズくんはいつも待っててくれて優しいねって冷やかされちゃった」

それなら待ちあわせ場所を校門にしなければいいと思う。けれど放課後に校門で、と まるで付き合っていることを周囲に見せつけるような提案をしたのは梓の方だ。そして、いつも遅れてやってくる。

梓と一緒に歩いてきたバドミントン部の女子がにやにやしながら横を通りすぎる。梓をひとりじめしてー、ちゃんと送って帰るんだよー。なんで女子はこういうとき、決まってお互いがお互いの保護者であるかのようなべたついた物言いをしてくるのだろう。そういう関係性なのは別に構わない。ただ、それを了解しろ、梓と仲良くしたければこちらにも愛想よくしろ、と押しつけてくるのがうっとうしい。はあ、とあえて平坦《へいたん》な鈍い声を返すも、気にした様子もなく友人二人は梓に手を振って帰っていった。

いこっか、とセーターの袖《そで》から指先だけを覗《のぞ》かせた小さな手が、和海の手を握る。付き合い始めの頃に学校の周囲では恥ずかしいから手をつなぐのはイヤだと言ったら、私と付き合ってるの恥ずかしい？　とものすごく深刻な顔で詰め寄られた。梓は小柄で目が大きく、桜色の爪の先まで丁寧に自分を磨き込んでいる、学年でも有数のかわいい子だ。女子バドミントン部のうさぎちゃんと呼んでいる友人もいる。ただ、梓の言動の端々にはどこか大げさで厄介なところがある。つまらないことでショックを受け、傷ついたと訴えて我を通し、自分がいかに悲しかったか、和海がいかに自分のことを分かってくれないかをドラマチックに友人へ言いふらす。巡り巡って、和海だせえ、などといった面白半分の噂《うわさ》が男の間にまで流れる。

そうなると、梓が本当に「かわいい」のか、よく分からなくなってくる。好きで付き合っているはずなのに、なんでこの子は自分を話のネタとして友人に提供し、笑いものにするのだろう。

「カズくん、聞いてる？　それで、大学の練習ってやっぱすごくて」

「んー、うん」

けど、やっぱり顔はかわいいし、告白してくれたし、好かれたら単純に嬉《うれ》しいし。体を寄せられ、なついた犬のように好きだ好きだとアピールされると、心が甘いもので満たされる。近所の大学のバドミントン部と合同練習をした、という話に相づちを打ちながら駅前のマックでシェイクをすすり、ひと気のない公園でふかふかのセーターに包まれた柔らかい体を抱き締め、寒くなってきたので途中でいちゃつくのを切り上げて、それぞれの家へと帰った。

無言で玄関を上がり、リビングの扉を押し開く。ぷん、とめんつゆの匂いが鼻をかすめた。今日は蕎麦《そば》か何からしい。他の家族を探す間もなく、顔面に真っ白いものが飛びかかってきた。

「ましろっ」

姉の友紀《ゆうき》の声が響く。ぱぱぱぱ、と軽い羽音と共に興奮した文鳥がまとわりついてくる。目をかばうつもりで片手をかざすと、肘《ひじ》の近くにぎこちなく飛び乗った。白くもっちりとした体に赤くて丸っこいくちばし、小振りの黒豆に似た輝く目。少し前に友紀が大興奮しながら買ってきたこの鳥は、何度見てもカラーリングがいちご大福を連想させる。

「姉ちゃん、ちゃんとつかまえてろよ！」

「つかまえてたよ！　もうやだ、あんたの足音でも聞き分けてんのかなあ」

家族の中で一番入念に、舐《な》めるような愛情を込めて世話をしているのは友紀だというのに、文鳥のましろは何故《なぜ》かろくに構いもしない和海になついた。腕からてのひらへ小さな体を移し替えると、さも嬉しそうに親指に体をすりつけてくる。メシ食うから、と上機嫌のましろをケージへ放り込み、ぱぱぱぱ、と名残惜《なごり》しそうに羽ばたく音に背を向けた。鞄《かばん》を置き、台所を覗く。予想通り具材の入っためんつゆと二人分の蕎麦が用意されていた。

「母さんは？」

「締切、明日までなんだって。もう私は食べ終わって、あとはあんたとパパのだから。勝手に茹《ゆ》でて食べて。肉ぜんぶすくっちゃだめだよ」

鍋に水を張って火を点《つ》ける。振り返ると、友紀はましろのケージを覗き、指先を揺らして興奮した小鳥をあやしていた。

「あんたになつくってことは、こいつ、メスなのかねえ」

知らねえ、と返して湯が沸く間に洗面所へ向かう。手を洗い、うがいをし、コンタクトを外して洗眼薬で目を洗う。

薄い水の膜の向こう、青白い鏡に自分の顔が映った。ぬるりとした、引っかかりのないトカゲみたいな顔だと思う。目ばかり大きく悪目立ちして、唇が薄く、あごが細いのも気にくわない。けれど物心ついてからずっと、いい、お前は顔がいい、と褒《ほ》められ続けた。本当にそれは俺なのかと思うくらいに。

お湯沸いてるよう、と呼ぶ声に蛇口を締めた。ハンドタオルで顔を拭《ぬぐ》い、眼鏡をかける。キュルキュルと甘ったれたましろの声が、ここまで響いてくる。

一番初めの評価は、女の子みたいだね、だった。幼児の頃からまつげが長く、目がぱっちりとしていたせいだろう。古い家族アルバムには、姉のお下がりのワンピースを着て髪にリボンをつけられた哀れな自分の姿がやたらとたくさん残されている。母と姉の着せ替え人形にされていたらしい。

小学校に上がり、少しずつ自分の周囲がざわついて、足元が安定しないような感覚を味わうようになった。癇《かん》が強くて思い込みの激しい女の子にべたべたとまとわりつかれたり、無理矢理頰にキスをされたりと、周囲は面白がるけれど和海からすればどうすればいいのか分からない出来事が続いた。その頃、男子にとって女子と仲良くなりすぎるのは恥だったし、自分よりも体格の良い女の子に絡まれ、強く手を握られるのはイヤだった。正直に言うと、少し怖かった。

中学に入ってぐっと背が伸び、おかげで女子を恐ろしいと思うことはなくなった。十五で二つ年上の先輩に誘われて付き合い始め、セックスの仕方も教えて貰《もら》った。穏やかで大人っぽい雰囲気が大好きだったのに、三股をかけられていたと知って別れた。どうやら自分が浮気相手の方で、つまみ食いをされていたらしい。別れを切り出したファミレスで、一人になってから悔しくて泣いた。その後、告白してくれた子と一、二ヶ月の短いスパンで付き合うことはあっても、関係は長続きしなかった。イメージと違った、と言ってふられることが多い。ハートの絵文字が似合わなすぎてキモかった、と言われた時が一番応《こた》えた。ハートの絵文字、一度でいいから、恋人に使ってみたかった。けれどもう二度と使わない。

親しい友達もなかなか出来なかった。和海が話しかけると、同性のクラスメイトは少し身構える。こまかな針がざっとこちらを向き、まるで少しでも見下されまいとしているような緊張感が強く伝わってくる。

けれど、男子より不安定なのが、やっぱり女子の目線だ。まず、そもそも目線が合わない。合ったとしても一瞬でぐにゃりと溶けたガムみたいになるか、同性よりもなお鋭く激しい警戒の針を向けてくるかの二極に分かれる。ガムみたいに溶けて接近してくる子も、和海に優しいかというとそうとも限らない。見かけに似合わずなよなよしてた、気が利かない、そんなに成績良くないらしいよ、部活でいちばん泳ぐの遅いんだって、顔が良いからっていい気になってる。そんな手前勝手な失望をして、笑いものにされることが多い。成績が悪いのも運動が不得意なのも、そう珍しいことではないのに、和海がそうであるということは周囲にとって格好の話題となるらしい。

ネタにされるのが悔しくて水泳だけは必死に続け、高校に上がってからは、なんとか同学年の男子の中でもそこそこ泳げる方になった。頑張った甲斐《かい》あって、同じ部内の男子とは比較的関係が良い。はいはいイケメンはいいよな、などと多少のイヤミは言われても。

ぐにゃぐにゃもトゲトゲも、どちらもイヤだ。少しでも目線が揺れない、落ちついた子と仲良くなりたい。そう思って、梓と付き合い始めた。梓は、自分のことをとてもかわいいと思っている。だから和海にも物怖《ものお》じせずに言いたいことを言う。初めはそこが好きだった。けれど友人との会話のダシにされてると感じてからは一緒にいても気が抜けず、小さなわがままの一つ一つが鼻につくようになった。

それだけでも気が重いのに、水泳部で一番話しやすかった同級生の浩平《こうへい》が、実は梓に惚《ほ》れていたなんて、どうすれば分かったというのだろう。浩平は面倒見が良く親切で、和海が長距離を泳ぐのが苦手だと知ると、練習後の自由時間にさりげなく前を泳いでペースのつかみ方を教えてくれた。タイムが上がった、下がった、お前のバタ足なんか変、なんて他愛もないやりとりが本当に嬉しかったのに、他の部員から彼の恋について耳打ちされたのは浩平が目を合わせてくれなくなった後だった。

考えてみれば、和海は今までに一度も男子内の恋バナや猥談《わいだん》に参加したことがなかった。インターネット上に散見する「友人からこんな秘密を打ち明けられて、一緒にトラブルを解決した」といった体験談を目にするたびに羨《うらや》ましくて泣きたくなる。

俺は、一生、甘えられる彼女とか、腹を割って話し合える友人とか、出来ないんじゃないだろうか。

暗澹《あんたん》としたまま蕎麦を食べ終え、リビングのソファに寝っ転がる。ぱぱぱぱ、と間の抜けた羽音を立ててましろが天井を横切り、やがて和海のひたいへ止まった。満足げに白い羽にくちばしをもぐらせ、羽づくろいを始める。

なんであんただけ、と小鳥のおもちゃを手にした友紀が隣で下唇を突き出す。

「世話してんのは私なのに」

「姉ちゃんは構いすぎなんじゃね」

もしかしてましろは、弄《いじ》られるのが嫌で仕方なかった幼い頃の自分のような心境なのかもしれない。だから一度も撫《な》でられたことのない相手へなつく。目線を上向け、和海はましろと目を合わせた。濡《ぬ》れた黒豆の目が、不思議そうに和海を見返している。


部活終わるまで待っててね、一緒に帰ろうね。そんな梓の要望から始まった図書室通いだが、意外と性に合っている気がする。

梓が所属するバドミントン部は月曜から金曜まで休むことなく放課後練習を行っている。定期的に近所の大学のバドミントン部と合同練習をしたり、練習試合を頻繁に組んだりと校内でも特に活動がハードな部活だ。練習日が週三回、しかも参加の可否は割と個人の裁量に任されている水泳部とでは、だいぶ毛色が違う。夏の終わりに付き合い始めて以来、部活のない火曜と木曜は梓の部活が終わるまで図書室で時間を潰《つぶ》すのが和海の日課となった。

西本ゆかりのことは顔と名前ぐらいは知っていた。他学年の古文の先生だ。和海の学校では文系の教師が交替で図書室の管理を行っている。無愛想で服装に色気がなく、おっぱいが小さいので男子からの人気はいまいち。逆に、女子にはかなり好かれているらしい。

「あんた、また来たの。何か探しもの？」

初めはそんな風に話しかけられた。宿題をもう済ませてしまい、なお時間が余って書架の前をぶらぶらしていた時だった。

普段あまり本を読まないため、どの本が面白いのかさっぱり分からない。ぼうっとしているうちに呼びかけに気づき、自分よりだいぶ背の低いゆかりへ顔を向けた。

黒くみずみずしい二重《ふたえ》の目が、かちりと音が聞こえるぐらいしっかりと和海の目を見返した。驚いて、心臓が弾む。

「いや、なに読んだらいいか、分からなくて」

「本なんて、無理矢理読むもんじゃないでしょう」

「んと、時間潰《つぶ》したいんです」

「ふーん」

ゆかりは少し顔を傾けて考え込んだ。じろじろと和海を上から下まで眺め回し、制服のポケットからはみ出しているスマホのストラップで目を止めた。雑貨屋でなんとなく気を惹かれて買った、飛行機の形をしたシルバーチャームが光っている。

「飛行機は好《す》きなの?」

「はい」

「じゃあ、これでも読んでみたら」

迷う様子もなく差し出されたのは、飛行機の写真集だった。機体だけでなく、その背後に広がる世界中の様々な景色を楽しめる構成となっている。しっとりと濡れたような空の色合いが美しかった。

「けっこう人気。十年前の写真集だけど、よく借りられてるよ」

「読んでみます」

椅子《いす》を引いて、色彩があふれ出す写真集のページを開いた。昼休みならともかく、放課後にわざわざ席について本を読む生徒はそう多くない。学校にこんな静かな場所があるんだな、と今さら思う。

図書室は園芸部が管理する中庭に面していて、窓を開けると草木のみずみずしい香りが吹き込んだ。時々グラウンドから響いてくる野球部のかけ声を聞きながら、頬杖をついてページをめくる。十ページごとに、貸し出しカウンターで気《け》だるそうに伝票を整理しているゆかりの横顔を覗き見た。

難しい本を読めるようになったら、褒めてもらえるかもしれない。

目線を、ずらりと並んだ書架へと移す。背の高い棚が互いに影を重ねるせいか、やけに奥行きがあるように感じられる。森の入り口みたいだ。奥の棚で本を選んでいると、周囲の音がすうっと遠ざかる。

それから和海は少しずつ手に取る本の文字数を増やしていった。写真集やイラスト本から、雑誌、新聞、小説、ノンフィクションへ。図書室にあるのは真面目な本ばかりだったけれど、読み続けるうちにだんだん目が細かな文字列になじんでいった。初めに薦められた航空関係の本、また、ビルやトンネルの造り方や海外の巨大建築物の紹介など、建築関連の書籍は特に楽しんで読むことが出来た。誰の目にも映り、愛される、大きなものについての言葉は、不思議と体の奥まで染み入ってくる。

時々ページから顔を上げて、返却された本を書架へと戻すゆかりの動きを目で追った。ゆかりはいつも退屈そうだった。仕事の合間に、しょっちゅう自分の爪を眺めている。シンプルで飾り気のない、白い部分が二ミリほど伸ばされた爪。あんまりにゆかりが気にしているから、つい本の貸し出しや返却の時につられて見てしまう。

目線をページへ戻す。セゴビアの水道橋について、その信じがたい構造と歴史。水を引く、なんて今ではあまりに他愛もない需要のために、こんな大がかりな石の橋が造られたこと。

読みかけの本を閉じ、壁時計を見上げて席を立つ。ゆかりさん冬休みとかあんの？　そんな軽口を叩《たた》きながらカウンター越しに借りたい本を渡した。ちょっとはあるよ。えーなにすんの彼氏とデート？　あんたの頭ん中はそんなのばっかだね、でも若いんだからそんなもんか。バーコードリーダーをつかむ爪のふちが光った。思わず手を伸ばし、さりげなく人差し指の先へと触れる。

「なんか、きらっとした」

「ん？　ああ」

ゆかりは気にした風もなく、親指の爪で人差し指の爪を掻《か》いた。バーコードをスキャンし、パソコンの画面を確認する。

「午前中、そこの川で砂金とってたから」

「……へ？」

「んなわけないでしょう。ただのネイルの落としそこねだよ。――はい、二週間後、十一月の一……十八日までね。まあすぐ返しに来るんだろうけど」

「ゆかりさん、ネイルとかするんだ」

食いつき続けると、ゆかりは席に着いたまま、すっと顔を浮かせて和海を見返した。

拒絶はないけれど親しさがあるわけでもない、目の奥まですこんと届く不思議な眼差し。

「ネイルどころか、ウィッグも付けて化粧もがっつりするよ。休みの日はね」

「え、見たい」

「見せないよ。ほら、下校時刻。もう日没が早いから、寄り道しないで帰りなさい」

手の甲で追い払われ、和海ははーい、と気の抜けた返事と共に図書室を出た。昇降口で靴を履きかえて校舎を出る。寒くなるにつれ、次第に日没の色が淡くなっていく気がする。目を射るような赤色が弱まり、代わりに透明感のある金色がゆるやかに視界を染めていく。

帰り道で、梓はまた先日行われた大学生との合同練習について楽しそうに喋《しゃべ》った。なんでもかっこいい大学生が多かったらしい。妬《や》いちゃう？　と意味深な含み笑いと共に顔を覗かれ、和海は肩をすくめた。かわいさを自負している彼女の、こちらを試すような物腰がなんとなくかわいくない。

梓は何度かまばたきをし、そう、と苦く呟《つぶや》いて唇をとがらせた。その横顔を見ながら、心の一部がねじれるような奇妙な快感を得た。梓の傷ついた顔、自信が損ねられた瞬間の濡れた眼差しは、かわいい。どこか甘い後ろめたさを残して、つう、と水が一筋伝うように胸の内側へもぐり込む。

夕飯後、風呂上がりにリビングでパソコンを開いた。父と母はそれぞれ仕事用のパソコンを持っていて、姉の友紀はパソコンよりもスマホやポータブルゲーム機で遊んでいることが多いので、最近ではもっぱら和海の専用機となっている。ほどほどにしろよ、というスーツ姿で遅い夕飯をとる父親の一言に生返事をしながらネットゲームのレベル上げに精を出す。

零時を回り、家族がそれぞれの部屋へと引き上げていったのを境にパソコンの画面をゲームからインターネットへと切りかえた。和海が同じ部屋にいると察しているのか、既にケージに覆いを被《かぶ》せたにもかかわらず、ましろが出してと言わんばかりに鳴き続けている。今日は友紀がバイトで遅く、父母も忙しかったようなので、あまり外に出してもらえなかったのかもしれない。

自分が起きている間はまだいいか、とケージの覆いをとって出入り口を開けた。白い小鳥がぱっと飛び出し、嬉しそうにケージの周囲を跳ね回る。好きに遊ばせたまま、パソコンへ戻った。ニュースやゲームのサイトをいくつか眺めたあと、そっと悩み相談などが寄せられる匿名掲示板へアクセスする。

この掲示板に、噂が怖い、というスレッドを立てたことがある。高校一年の頃、なにかの拍子に母親のことを「うちのママが」と言ってしまった。大失態だった。普段は母さん呼びなのに、姉の友紀が両親のことをパパ、ママ、と呼んでいるため、それが無意識のうちにうつってしまった。一瞬であいつはマザコンという噂が学年中に広まり、その場にいなかった生徒からもことあるごとにママは元気か、昨日もママと一緒に寝たのかとからかわれた。

恐ろしいことに一年以上経《た》った今でも、たまに話の端々で「お前はマザコンだからな」と言われる。否定しても否定しても、くちばしでこづき回すような揶揄《やゆ》が止《や》まない。その時立てたスレッドには、人の噂も七十五日といった「気にするな」系の返信が多かったものの、三百六十五日経ってもその噂が消えないのだから、格言なんていい加減なものだ。

ただ、それ以来、自分以外にも悩みを持っている人間がいる、という安心感が欲しくて掲示板を覗く癖が付いた。特に、美容や容姿に関するスレッド。自分はそれに恵まれている、という自覚があるので、勉強や運動に関するものほどは深刻な気分にならずに眺めることが出来る。前に「心を打ち明けられる友達が出来ない」というスレッドを覗いてしまった時には、回答者がスレッド主へ宛てて書き込んだ、根暗、コミュニケーションが出来ないから、等々のダメ出しの逐一が自分にも当てはまる気がして、ひどく落ち込んだ。こういうのは、共感しすぎると本当に苦しい。

とはいえ、容姿に関するカテゴリーなら安心というわけでもなく、イケメン嫌い、イケメン好き、というタイトルはついクリックしてしまうし、イケメンはいいよな、という恨み辛《つら》みのスレッドもよせばいいのに開いてしまう。なんで嫌な思いをすると承知でそういうものを見てしまうのか、よく分からない。本当のことが知りたい、という感覚に似ている。本当のこと、自分がどのくらい責められて、どのくらい慰められるのが正当なのか、誰かに教えて欲しい。

『手が大好きなので、いま起きてる人の手の画像をください！』

だらだらとあちこちのスレッドを冷やかしているうちに、そんな変なタイトルのスレッドを見つけた。クリックすると、どうやらスレッドを立てたのは女の子で、人の手に強いフェティシズムを感じるのだという。そういった実生活では口に出せない性癖をネット上で打ち明ける人は案外多い。うまく行けば同志に出会って盛り上がれるし、馬鹿にされたって相手はこちらの顔も名前も知らない他人なのだから、気が楽なのだろう。

それにしても、手フェチとは変な趣味があったものだ。日常生活で目にする機会が多すぎて、ありがたみも何もないのではないだろうか。手？　と怪訝《けげん》に思いながら和海は自分の右手を目の前にかざす。招かれたと思ったのか、ましろが寄ってきて手首のくびれに止まった。軽い小鳥の重みはそのままに、しげしげと自分の手を眺める。

手の甲に、指から続く細い骨が浮きあがっている。全体的なシルエットは細長で、爪は長方形。強《し》いて特徴を挙げるとすれば指の第二関節がぽこりと突き出ていて、妙に痩《や》せて見えることぐらいか。浮き出た血管やスジの出っ張りを眺めているうちに、だんだん気持ちが悪くなってきた。この血管のふくらみに傷がついたらとか、ここのへこみにとがったものが刺さったらてのひらを貫通するだろうとか、構造の脆《もろ》い部分にばかり目がいってしまう。薄くて平べったい手だな、とまるで他人の手のように思う。

スマホをかざして写真を撮り、「こんなのでいいのか？」というコメントと共に掲示板へアップした。微妙にましろの大福餅《だいふくもち》のような腹と珊瑚《さんご》色の足が映り込んだけれど、気にしない。

すぐにスレッド主の女の子から、「肌がすべっすべだー！　骨っぽくて色っぽいよ、ありがとう。乗ってるのは文鳥かな。私も文鳥になってその手をつんつんしたい」と上機嫌のコメントが返った。自分の他にも深夜の気まぐれを起こした者がいるらしく、画面を更新するたびにパラパラと画像が上げられていく。スレ主が女の子だからか、アップされる手の大半は男性の手だった。指の長い手、短い手、色白、色黒、毛の有る無しなど、これまで特に意識したことはなかったけれど、色んな手があるな、と面白くなる。

ふと、自分と同年代だろうか、制服っぽいブレザーの袖口から伸びた肉厚の手に目が手は骨そのものが太く、ゴツゴツしている。自分の手は薄いから骨っぽさがあるけれど、この手は骨そのものが太く、ゴツゴツしている。張り手でもされたら顔面の骨が砕けそうだ。手だけでなく、体全体が大柄に違いない。いいな、と思う。女の子みたいだなんて間違っても言われない、シンプルで分かりやすい男性らしさに憧れる。

スレッド主は提供された画像の一つ一つにお礼のコメントを打ち込んでいる。どんな手にもそれぞれの美点を見つけて褒めている辺り、そうとう気づかい上手で真面目《まじめ》な子なのだろう。

途中から、女の子の手の画像も交じり始めた。柔らかそうでシルエットが丸く、皮膚が真珠色に光っている。こちらは単純に、見ていて楽しい。

ふと、金色のマニキュアが爪の端に残ったゆかりの手を思い出した。白くて少し骨っぽい手。爪はこうして女子の手を見比べた中では、少し長めに整えられているように思える。休日にはあの爪がすべてきらりと光る金色に塗られ、図書室での服装とはぜんぜん違う色っぽい格好になり、けれどきっとあのひんやりとした目つきは、変わらず――。

細い、川のようなものが体の芯《しん》を通った。甘くひそやかな水の流れが止まらない。あれ、と独りごちてまばたきをする。目玉はパソコンの画面を映しているけれど、脳の裏側で景色が流れ続ける。金色の爪が、そうっと和海の手の浮き出た血管をくすぐる。脆くて傷つきやすい箇所を撫でながら、もどかしい速度で手の甲から腕へ、肩へ、頬へと上っていく。目尻へ触れられて顔を上げたら、そこには和海の目をすとんと射貫《いぬ》く真っ直ぐな眼差しがある。裸になったゆかりの胸は小振りで、たぶん同年代の女の子たちよりも柔らかく熟れていて、乳首はきっとあんず色で、あの、一回も微笑《ほほえ》んでくれたことのない唇が、私はほんとの和海くんを見てあげるわよって、囁《ささや》いて。

ふいに腕の外側のくすぐったい部分をちくりと淡い痛みがよぎり、悲鳴が出そうになった。まるで夢想の痛みが現実になったみたいで、全身の温度が上がる。左胸がばくばくとうるさい。顔を向けるとそこには予想通り、澄んだ無邪気な目でこちらを見返す文鳥がいた。

「おま、おまえっ、このやろう……」

つかまえてケージに戻してしまおうとするも、遊びだと勘違いしたましろは軽く羽ばたいて和海の指をすり抜ける。珊瑚色の足が軽い痛みとともに腕や手の甲を辿《たど》り、その周囲にぶわっと鳥肌が立った。それまではなんともない、むしろ少しうっとうしいぐらいの刺激だったのに、なんということだろう。頭が煮えそうに熱い。なんとか小さな体を摑《つか》み取ってケージへ戻し、さっさと寝ろ、とばかりに覆いを掛けた。ぞわぞわする両腕をさすりながら、パソコンの前へと戻る。

画面をリロードすると、手フェチのスレッドはだいぶ先まで進んでいた。妙な妄想を振り払おうと、会話の流れを追う。

ただ手の写真を見せ合うだけの場だったはずが、なんだか妙な流れになっている。きっかけは掲示板を眺めていたユーザーの一人が、「あなたの手を見せてよ」とスレッド主に話しかけたことだった。けれど彼女は「手が荒れてて汚いからアップは勘弁」と断った。誰も笑わないよ、荒れてる人だっていっぱいいるよ、そんな優しげな書き込みにも、いやいや、と柔らかく拒み続ける。自分の手が嫌いで、よっぽど見目が悪いのか、恋人もあまり手をつないでくれないらしい。それに対して、ユーザーから次々と怒りの声が上がった。そんなの恋人とは呼べない、なんで彼氏はあなたをそんな気分にさせているの。画面を更新するたびに増えていくスレッド主の彼氏への罵倒《ばとう》を眺めながら、和海はだんだん彼氏という言葉が、まるで水吸いの良いタオルか何かの商品名みたいだと感じ始めた。恋人が抱える、あらゆる不安を吸い取らなければ許されないもの。スレッド主は、まるでたくさんの声に励まされたかのように「来週末にデートがあるから、その時に手をつないでって言ってみる、うまくいったらその時には手の写真をアップする」と書き込んだ。

ふと、梓の手が荒れていたら、と考えてみる。けれど、そもそも手荒れがどういうものなのか、肌が荒れたことのない和海にはよく分からない。かさかさして乾燥しているということだろうか。ばあちゃんみたいな手ってこと？　試しに「手荒れ」とインターネットの検索ボックスに打ち込んで、画像を検索してみた。

一秒もおかずに、見なければ良かったと後悔するような生々しい画像が画面いっぱいに溢《あふ》れ返った。ささくれた箇所からじゅくじゅくと黄色い血膿《ちうみ》をにじませた皮膚、関節にぐるりと赤いテープを巻き付けたように爛《ただ》れた指、ぷっくりとした腫《は》れ物《もの》が手の甲にふくらんでいるものもあった。強いショックを受け、慌てて画面を閉じる。

予想外のものを見た反動か、ひたすらスレッド主の彼氏を批判する会話の流れに腹が立ってきた。書き込んでいるのが、わずらわしく声をかけてくる梓の友人達であるかのように思えてくる。大事にするんだよう、私たちのお姫様なんだからね、泣かせたら承知しないから。何様だよお前ら。あいつとセックスしたこともないくせに。「私のこと好き？　今までの子のなかで何番目に好き？　どこが好き？　ずっと好き？　なんでちゃんと言ってくれないの」なんて詰め寄ってくる、一番めんどくさい瞬間も見たことないくせに、なんで誰よりも梓を分かっているつもりになってんだ。キーボードに手を乗せ、それまでの流れに釘《くぎ》を打つように書き込んだ。

『単純に、触ったら血とか膿とか付きそうで、気持ち悪いから手ぇつなぎたくないんじやねえの。それか、もう気持ちが冷めてるか。分かりゃしないんだから、外野は黙ってろよ』

一瞬で、ものすごい数の反論がついた。クズ、こいつみたいなヤツが居るから、バカはスルーで。好きにしろ、と嫌になって画面を閉じる。パソコンの電源を落とし、歯を磨いて自分の部屋へと向かった。

布団の枕元に放り出してあったスマホが、着信を告げるランプを点滅させている。画面を点《とも》すと、二時間ほど前にメールが一件届いていた。送信者は、竹本《たけもと》梓。

『こんな時間にごめん。色々考えたんだけど、別れよう。カズくんにはもっと合う子がいると思います。もうずっと考えて、私の中で結論を出したことなので分かってください。電話とかもしてこないで。明日からは普通の友達同士に戻ろう』

急な別れの通達に、頭の中が真っ白になった。ぱつん、とペンチで鉄線を断ち切られたような、いや、鉄線だと思っていたのは自分だけだったのかもしれない。たこ糸？　家庭科の時間にぷちぷち切れてイライラしたしつけ糸？　確かに梓に対して思うところはあったけれど、よりにもよって。

「メールかよー……」

肩から力が抜けた。勝手に結論を出したり、連絡を拒んだりと、手前勝手な文面を眺めているだけでみるみる気持ちが冷めていく。その場にしゃがみ、ゆっくりとメールの返信を打ち込んだ。

『分かった。最後に一個でいいから、理由を教えて欲しい』

返事はすぐに返ってきた。もしかして、梓は初めのメールを送ってからずっとスマホを握りしめていたのかもしれない。

『カズくんといると、緊張した。他の人から見比べられる感じがするのもやだったし、カズくんがなに考えてるのかもよく分かんなくて、落ち着かなかった』

なにも分からないけれど、『教えてくれてありがとう』と打ち返す。何を考えているのかよく分からない、も時々言われる言葉の一つだ。でも、こちらからすれば何でそんなことを言われるのか、の方が分からない。スマホを放り出して布団にもぐり込み、目を閉じる。動揺を押し潰すよう、先ほど頭を巡った幸せな想像を懸命に掻き立てた。金色の爪が腕をなぞる。すとんと目の奥まで覗き込む透明な眼差し。微笑んだ唇が、私はほんとの和海くんのこと、ちゃんと分かるよって――。

ほんとの俺ってなんだ。今までこの、しっくりこない容姿をずっと重荷に感じてきたけれど、仮にこの顔を失ったら、俺なんてただのクズじゃないか。なんの取り柄もない。勉強も不得意だし、スポーツも人並みに出来るのは水泳ぐらい。人と話すのは苦手、友違いない、歌が下手だからカラオケも嫌い。急に、叫び出したくなって枕を殴る。

和海の高校にはプールがないため、水泳部は週に三度、学校から二十分ほど歩いたところにある市民プールの、端の二レーンを借りて練習を行っている。部員は男子十名、女子五名の総勢十五名。プールサイドでアップを行い、体のほぐれた部員から順に青々と光る水の中へ飛び込んでいく。初めは抑え気味に、顧問の合図に合わせてだんだん泳ぐ速度を上げていく。

初めて水泳の授業を受けたとき、なんて気が楽なスポーツだろうと思った。ゴーグルをかけて泳いでいる間は白い背中が見えるばかりで、誰の姿もそう変わらない。球技みたいに誰がミスをした、誰が負けた、和海か、残念なアレ、ははは、と品定めされることもない。ただ黙々と手足を動かして先に進み続ければいい。水の中はきれいだし、音がないのも気に入った。

顧問がパン、と手を叩く。先を泳ぐ部員の腕のストロークが大きくなり、爪先《つまさき》が力強くひらめいて速度を上げる。それを懸命に追いかけた。無数の泡が視界を埋め、耳のふちをくすぐりながら背後へと流れていく。

家に帰ると、母親と友紀がなにやら華やいだ様子で夕方のバラエティ番組を眺めていた。なんでも「身近なイケメンを発掘するコンテスト」なるものが開催され、番組で紹介された人には賞金十万円と、司会をつとめている男性アイドルのサイン入りクリアファイルが贈呈されるらしい。ちょっ、ちょっ、アンタこれ出なよ！　ファイルくれれば賞金はあげるから、と言って興奮した友紀が応募先をチラシの裏に書き留める。

「はあ？　やだよ」

「何言ってんの、あんたの数少ない取り柄じゃん！　生かさないでどうすんの」

姉の何気ない言葉が、胸のものすごく深くまで刺さった。耳が熱くなり、自然と声が大きくなる。

「うるっせえよ！　ほっとけ！」

「ああ？　あんた誰に向かってそんな口きいてんのっ」

リビングから立ち去りかけた尻に前蹴りが飛んでくる。昔から友紀は気が短く、すぐに手や足を出す悪い癖があった。小学生時代は正面から殴り合っていたが、中学に入って身長が一気に伸びた際に無口な父親に教えられたことを和海はちゃんと覚えている。いいか、もう女にはどれだけ腹が立っても手を出すな。あとあと社会的にその何百倍もボコボコにされる。俺らが唯一出来る抵抗は、これだ。和海は両腕を伸ばして友紀の左右の頬をつねり上げた。痛みに顔をしかめた友紀は自分も腕を伸ばして和海の頬を鷲《わし》づかみにする。ううう、と二人で獣のように唸《うな》りながら痛みの我慢比べをしていると、母親が呆《あき》れた声を上げた。

「いい加減にしなさい！　ほら、ましろが怖がってるじゃない」

ぱぱぱぱ、と頼りない羽ばたきに顔を上げると、ましろは自分たちからなるべく距離をとろうとするかのように、カーテンレールの端っこで落ち着きのないジャンプを繰り返していた。とっさに二人とも指から力が抜ける。ましろごめんよう、もう喧嘩《けんか》してないよ、と友紀が近づくと、じっとその場から彼女を見つめる。けれど和海が近づくと、怯《おび》えたようにさらに遠くの、台所の棚の上へと逃げてしまった。初めの怒鳴り声が怖がらせたのだろうか。

とうとう、あれほどなつかれていた鳥にまで嫌われてしまった。呆然《ぼうぜん》として部屋へ戻り、布団の上に座り込んだ。扉の外から友紀が何度か声をかけてきたけれど、答える気力がなかった。しばらくして、ごはん食べなさい、という母親の声にやっと我に返る。そうだ、水着を洗って干さなければならない。スポーツバッグのジッパーを開き、防水加工がされたミニバッグを取り出す。

水泳道具の下、教科書に挟まれた位置に見覚えのある本の背表紙が見えた。図書室の本だ。梓と別れ、放課後に時間を潰す必要がなくなったため、今週は図書室に寄っていなかった。返しに行こう。本のふちを撫でながら、ふつりと心に温かいものが湧《わ》く。

一週間ぶりに顔を合わせたゆかりは、白いシャツの肩に藍《あい》色のカーディガンを羽織っていた。髪が短くて首元が寒そうに見えるせいか、温かい格好の方が似合う気がする。

カウンター越しに和海を見上げ、ちょうどいいところに、と呼びかけた。

「このあいだ読みたがってた建築家の伝記、さっき入荷したよ。地理の佐々木先生も読みたがってたから、先に借りられないようにとっておいた」

「あ、ありがとうございます」

「これ、どうだった？」

「なんか難しくて、真ん中辺りまでしか読めなかったです」

「そうでしょう。この著者、書き方が回りくどくて私もきらいなんだ。ちょっとおいで」

和海を手招きして、席を立つ。書架の新書のコーナーへ向かい、少し指を迷わせてから一冊を抜き出した。

「こっちを先に読んだ方がいい」

いつのまにか、ゆかりはこうして和海が好きそうな本を薦めてくれるようになった。

礼を言って受け取り、いつもの席へ着く。温風を吐き出すヒーターがガラス窓を白く曇らせている。伝記のページを開く。白くなめらかな紙面に、ある異国の男の半生と奇妙で巨大な建築物を造るに至った背景、その建物が基礎から順に形になっていく様が色鮮やかな立体映像のように浮かび上がった。大きくて揺るぎのない、誰の目にも映るもの。もちろん自分の目にも映り、価値を噛《か》みしめ、それに携わった人と歓びを分かち合えるもの。そんな確かなものを手に入れるまでの、人生の話。

なんで自分がそれらに惹かれるのか、だんだん分かってきた気がする。それは直視してしまえばものすごく根の深い、切実な感情だった。返却本を積んだ台車を押して、ゆかりがそばの書架へと通りかかる。一冊を棚へ差し込みながら、そういえば、と気軽な口調で言った。

「このあいだ、一年生の女の子があんたのことを聞いてきたよ。あのかっこいい人、なんていう先輩ですかって。モテるねえ」

せっかく足元の確かな、風の吹き抜ける気持ちの良い場所に立っていたのに、いきなり不安ばかりの沼地へがくんと引き戻されたような。そんな不快感に、眉間《みけん》にしわが寄る。

「それで、教えたんですか。俺の名前とか」

機嫌の悪さが表に出てしまう。ゆかりは整理の手を止め、不思議そうに首を傾《かし》げた。

「いいや、自分で話しかけて聞きなさいって言ったけど」

「なんかもう、そういうのイヤなんです。外見で色々妄想されて、実際に付き合ったら大したことなかったとか、勝手にきらいになってふられるの」

「あんた、もしかして自分の顔、きらいなの」

きらい、と問われて、短く息が詰まった。ずっと、考えてはいけないと思っていた。お前は恵まれているから、どうせ顔で苦しんでいる奴の気持ちなんて分からないだろう？　ただでさえそう言われるのに、きらい、なんて言ったら、ますます仲間に入れてもらえなくなると、怯えていた。きらいなのだろうか、きらいかもしれない。好きだという人もいるだろう。上手《うま》く使いこなせる人もいるだろう。でも自分は、ずっとこの顔のよく分からない力に振り回されている感じがして、落ち着かなかった。

不安なものに頼って生きるのは辛い。だから今後は、生き方を変えていった方がいいのだろう。奥歯を嚙んで、静かに頷《うなず》く。すると、まるで金槌《かなづち》で杭《くい》を打つように心臓の鼓動が硬く、鋭くなった。

ゆかりはゆっくりとまばたきを刻んだ。しげしげと和海の顔を眺め、口を開く。

「ああ、宝石を背負って生まれてきたみたいなものなのに。……でも、それを宝石よばわりして、価値を外から押しつけられること自体が、苦しかったのか。辛かったね」一言も責められなかったことに、ふいに涙が出そうになった。ぐっとみぞおちに力を入れて、耐える。

帰り際、読み途中の伝記本を貸し出しカウンターに差し出すと、ゆかりは周囲を見回して手招きをした。カウンターの裏に置いたバッグに手を伸ばし、中からスマホを取り出す。

「私がここで使ったって、内緒ね。他の先生に怒られるから」

「……はあ」

頷く間にゆかりは指先を滑らせて次々と画面を切りかえていく。やがて、一枚の写真を表示した。見てごらんと和海に差し出す。

繁華街らしき場所で友人とピースサインを作る女性が、誰なのかすぐには分からなかった。金の巻き髪、まばたきのたびにばちんと音がしそうな厚みのあるまつげ、つやつやと輝く唇、色とりどりのデコレーションがされた爪。極めつけは、露出の激しい花柄のスリムワンピース。よく見ると、顔の造作がゆかりと似ている。

「え、ゆかりさん?」

「当たり。休みの日はいつもこんななの。教師の仕事は好きだけど、いつも真面目なままだとしんどくなっちゃうからね。ぜんぜん違う格好になって、息抜きしてる。違う格好で外を歩くと、周りの見る目も変わるし、自分が考えることまで変わるんだ」

スマホをそそくさと仕舞い、ゆかりは和海へ向き直った。しばらく考えをまとめるような間を置いて、静かに切り出す。

「私は学生時代、さっき話した子とは逆で、顔のいい男の子が苦手だったよ。なんだか別の世界の人みたいで怖かったし、きれいな顔ってどうしても目を奪うから、落ち着いてものを考えられなくなる感じがして、そばに居るのが辛かった。わざと、お前には興味ないって見せつけるみたいに冷たくしたり、素っ気なくしたり」

「……そういう人も、いて、イヤです。トゲをばーって向けられる感じ」

「うん。ひどいことしたって、今では思う。——あのね、ほんとに、あんたが思っている以上にびかびか光って、見えないから。なにを考えてるかとか、他の人と同じように悩んだり不安になったりするのかとか、そのきれいな顔に吸い込まれちゃって、伝わりにくいの。だからちょっとだけ意識して、嬉しいとか悲しいとかの気持ちを丁寧に伝えるようにしてごらん。仲良くしたい相手にはなおさら。そうしたら、昔の私みたいなビビリなやつでも、トゲを少しずつ手放してくれるかもしれない」

やってみます、と神妙に頷くと、ゆかりは和海の肩をとんとんと叩いた。まるで和海ではない誰かに謝っているみたいだった。

「これからどんどん楽になるよ。息抜きしたり、自分を作り変えたり、そういう力をあんただけじゃなくて周りも手に入れて、優しくなるから。あと少しだけがんばって」

ゆかりの眼差しがどうして自分の目をすとんと射貫くのか、やっと分かった気がする。胸を迫《せ》り上がるものがあまりに苦くて、和海は笑ってしまいそうになった。この人は、本当に自分に対して、何の期待も、嫌悪も、反発も、下心もないのだ。和海を、ただの面倒を見るべき生徒と見なす、頼りがいのある一人の大人だった。自分が恋愛対象として見てしまうほど年の近い女性の中で、そんな人には初めて会った。

「……大人になったら、ゆかりさん俺と付き合ってくれる?」

仏頂面《ぶっちょうづら》が、虚を衝《つ》かれたように目を丸くする。すぐに胡乱《うろん》げに眉間へしわを寄せた。

「何言ってんの。これだから……。――ほら、最終下校時刻だよ。さっさと帰りな」

はい、と頷いて図書室を出た。外はもうとっぷりと暗い。首筋を抜けた冷たい風に、和海は肩をすくめた。もうすぐ冬が来る。

どれだけ外が寒くても、屋内プールの室温は少し暑いくらいに保たれている。翌日の水曜日、休憩時間にプールサイドのベンチで休んでいた浩平へ、お疲れ、と呼びかけた。

浩平は一度顔を上げ、おお、と鈍く頷き返す。ベンチの隣の席へ腰かけると、体格の良い肩がわずかに揺れた。浩平は拳《こぶし》一つ分ほど和海より背が低く、代わりに骨の太いがっしりとした体つきをしている。顔立ちは大作りで荒っぽく、いかにも子供の頃からガキ大将でした、といった風情を漂わせている。クロールのタイムが学年で一番速く、泳ぎが苦手な新入生の面倒をよく見るので、部内の人望は和海よりも遥《はる》かに厚い。

気詰まりな沈黙のあと、浩平が腰を浮かしかけるのと同時に和海は口を開いた。

「ふられ、まして」

中腰の姿勢で数秒固まり、浩平は再びベンチに腰を下ろした。自由にレーンを泳ぐ部員達と、地元の客で賑《にぎ》わうプールに目を向けたまま、黙って先を促《うなが》す。

何を考えてるのか伝わりにくい。顔の作りに吸い込まれる。だから分かりやすく、丁寧に。言われたことを反芻《はんすう》しながら、和海は続けた。

「俺は、一緒にいても不安にさせるばかりで、落ち着かなかったってめちゃくちゃはっきりふられたので。お前は人望あるし、優しいし、ぜったいあの子をそういう気分にさせないと思うから、他にとられる前に、行くのがいいと、思います」

浩平はひたいを押さえて鈍く呻《うめ》き、やがて、しぼり出すような低い声で答えた。

「もう、とられてる」

「は？」

「大学生だ。近所の大学の、バドミントン部の」

目の前を、ずっと反対側のレーンでウォーキングをしていたおばあさんの一団が通過する。柔らかい足音とともにしわの寄った足が歩を進め、水を落として去っていく。最後の一人がいなくなるまで考え続けて、ようやく言われた内容が脳へ届いた。

「はああ？」

「一年の時に同じクラスで、仲良くなったんだ。お前と別れたのも、梓からメールで聞いてた。なんか、確かに一緒にいて緊張するとか、友達と微妙な感じになるとか書いてたな。大学生から告白されてどうしようって相談も受けた」

「ちょっと待てよ、そんな、仲良くメールする関係になってるくせに、目の前で知らない大学生にかっさらわれるのを指くわえて見てたのかよ！　馬鹿じゃねえの！」

「うるせえよ！　普通はお前みたいにぺらぺら口説いたり、頭だの手だのに触ったりしねえんだよ、覚えとけ馬鹿！　どうせお前は、好きな女に相手にされなかったことなんかないんだろ」

「ある」

思いがけず、心がこもってしまった。たぶんこのままじゃダメだ。なにしろまだ、年の差すら分かっていない。いくら告白しても、ふざけているようにしか受け取られない。大人にならなければならない。浩平は多少面食らったような顔をした。

「ありますとも。ぜんぜん、男として見てもらえない」

「マジか」

「マジです。だからこう、どうやったら頼りがいが出るかとか、教えて」

「そんなの俺が知るかよ」

張りつめていた糸が緩み、自然とお互いの口角がほぐれる。でもさあ、あいつひでえよ、ふるときメールだった。メールか、ちょっと子供っぽいとこあるからなあ。そう、マジへこんだ。自分がメールでふられるまで、分かんないいんだろうさ。ははは。そんな会話をしながら、膝《ひざ》の上に置いた指先がわずかに震えた。ああ俺、友達と恋バナしてる。かか細い歓びを手放さぬよう、ぎゅう、と拳の内側へ握り込む。


地理の佐々木先生のため、早めに伝記を読み終えた。というのは口実で、ゆかりの顔を見るために翌日も図書室へ向かった。ゆかりが仮に席を外していたとしても、部活のない日には図書室に通って本を読むのが、自分のためになる気がする。浩平との仲が改善したからといって、すぐに他の全員と親しくなれるわけではない。いい意味でも悪い意味でも目立ち続けることは変わらないし、妙なやっかみを受けることもあれば、うまく受け流せない自分への嫌悪がふくれることもある。だから一日の終わりにプールと同じ、静かな場所でじっとしているのは、炎症を起こした頭の中が宥《なだ》められるようでよかった。一つ、自分を守る方法を知った気がする。

ゆかりさん今日もきれい、とカウンター越しの出会い頭に向けた口説き文句は、いつも通りそっけなく黙殺された。もう慣れているので気にならない。本を返却し、新しい本を書架から抜き取って窓辺の机でページを開く。

あと一日で平日が終わる。来週はもっと寒くなるだろう、と先日よりもさらに曇って見える窓を眺める。学期末が近い。そんなとりとめのないことを考えるうちに、なにか、頭の中で引っかかるものがあった。週末に、なにかあった気がする。約束か、予定か、友紀に何か用事を押しつけられていただろうか。しばらく考えて、あ、と声が漏れた。

手が汚いと気にしていた、掲示板の女の子の恋は上手く行ったのだろうか。細部は覚えていないけれど、週末にどうこうと書き込んでいた。ということは、もう一度あのページに、結果の報告をしに現れる可能性がある。

誰も笑わないよ、そんな親切そうな書き込みがあったにもかかわらず、手の画像をアップできなかったあの子は、もしかしたら顔がきらいだと誰にも言えなかった自分と同じ、狭くて苦しい場所にいたのかもしれない。八つ当たりで、ずいぶん酷《ひど》いことを書いた。他人と打ち解けられない鬱憤《うっぷん》を、すべてあの場にぶつけてしまった。もう一度あの掲示板に現れるなら、ぜんぶ俺が書いたことは適当だから、と謝りたい。謝れる、だろうか。

しかし、手荒れのアドバイスなんか出来ない。しげしげと湿疹《しっしん》一つ出来たことのない自分の手を眺める。借りる本を手にカウンターへ向かう。バーコードリーダーを握るゆかりの手を見たまま、話しかけた。

「ゆかりさんさあ、手とか荒れる？」

「んん、今日はなによ。荒れるよ。冬場は特にね」

「手荒れのスキンケアで、なんかいい方法知ってたら教えて欲しいんだけど」

「はあ？　あんたにそんなの関係ないでしょう」

怪訝な顔をされたので、深夜の掲示板でこういう子に出会って、八つ当たりをしたから謝りたくて、良いケアがあったら伝えたいのだ、と事情を説明する。

ゆかりはぽかんと目を丸め、おもむろに肩を揺らして笑い出した。

「今のは、なかなかポイント高いよ、少年」

愛想のない仏頂面が柔らかくほぐれ、初めて和海へ微笑みかける。その笑顔を見ながら、妄想の彼女よりもこちらの方がずっと一筋縄ではいかなくて、でも優しい顔をしている、と思う。

家に帰ると、友紀がなにやら茶色く乾燥した植物の穂を持っていた。小さな実がたくさん付いていて、ほのかにこうばしい香りを放っている。なんでも、粟穂《あわほ》という文鳥のおやつで、機嫌をとるためにわざわざ通販で取り寄せたらしい。ケージから放されたましろは、すっかり最近の定位置となってしまったカーテンレールの上からこちらをじっとうかがっている。

「よーし、仲直りするよ。ほら、ましろちゃんおいで」

はいあんたも、と無造作に一本を手渡され、和海はちらりと友紀の横顔を覗き見た。短気で照れ屋の姉は、背伸びをして文鳥の足元に穂を差し出そうとしている。

今の「仲直り」は、ましろと自分のどちらにかかっていたのだろう。珊瑚色の足がためらいがちに弾み、と、と、と彼女の方へと近づいていく。どちらにせよ、どうかうまくいきますように。そう、祈るような気分で見守った。

あざが薄れるころ

その手首に初めて触れたとき、とっさに焼けた金属の棒が真知子《まちこ》の頭に浮かんだ。もしくは、赤々と燃える豊かな火。うかつに触ってはいけない熱いもの、強いもの。そんな連想がよぎるくらい瀬尾《せお》の手首は強靭《きょうじん》で、体温が高かった。日に焼けたなめらかな皮膚の下、赤々と輝く若い血がざあざあとしぶきを上げている音が聞こえてきそうだった。

「岩田《いわた》さん？」

呼びかけに顔を上げる。瀬尾が濡《ぬ》れた黒い目を丸くして、不思議そうにこちらを見ていた。慌てて首を振り、笑って返す。

「ああ、ごめん。ちょっとぼうっとしちゃった」

雑念を払い、セイッと気合いを込めて目の前の骨ばった手首を強く握る。けれど五十を過ぎた女の握力では大した負荷《ふか》にはなっていないだろう。表情を引き締めた瀬尾はふいに握られた手から力を抜き、牽制《けんせい》の裏拳《うらけん》を放ってきた。空《あ》いた腕を顔の前にかざして一撃を防ぐ。すると隙《すき》をついて側面へ回り込まれ、手首をつかんだ手を逆に捕らえてグイッと背中の裏側へ折り込まれた。肘《ひじ》が曲がり、肩の関節が軋《きし》み、上半身が仰《の》け反《ぞ》る。けれどまだ倒れてはだめだ。辛《つら》い姿勢を維持するため、腹筋に力を入れる。

瀬尾の技はどことなく力任せなところがあって、極《き》めるべき腕や肩の関節よりも、強く握られた手首の方に痛みを感じた。とはいえ、自分も彼も合気道を始めてまだ二年ほどの茶帯会員で、先生や黒帯の人たちみたいにうまく出来ないのは仕方ない。師範の先生に技をかけてもらうと、太い鉄の杭《くい》をガンッと打ち込まれたみたいに関節が固められ、ぴくりとも体を動かせないままなすすべもなく崩れ落ちることになる。その域に達するには、お互いまだまだ時間がかかりそうだ。

エイッ、という気合いの声と共に反り返った体を勢いよく畳へ叩《たた》きつけられた。衝撃を逃がすため、真知子は空いた手で畳を叩いて受け身を取る。そばにしゃがんだ瀬尾が最後にトドメの手刀を落とし、一連の技が終わった。

腹筋を使って起き上がり、お互いに右半身の構えを取って離れる。左右を変えて、もう一度。四方投げという、相手の腕を背中の方向にねじらせて体の自由を奪い、制する技だ。

瀬尾と交代して、今度は真知子が技をかける側に回った。合気道には試合や勝ち負けといった概念がなく、ペアは技をかける側と受ける側に明確に分かれて、技をかけ合う。

審査の際には、各自が行った技や受け身の精度が評価の対象となる。

技を終えて構えを解いた瀬尾が、どうっすか、と聞きながら駆け寄ってきた。彼は真知子よりもてのひら一つ分ほど背が高い。短い黒髪をツンツンと立たせた大学二年生で、黒目がちのどこか人なつこい顔立ちが柴犬を連想させる。同じ茶帯の一級同士だけど母親と子供ぐらいの年齢差があるので、瀬尾はいつも真知子に中途半端な敬語を使う。

「なんかね、肩を極めるとき、こう重心をぐぐっと移動させるじゃない。そのときに、途中でふっと力がゆるんじゃう感じがあったかな」

「マジですか」

「うん。途中で腰が浮いてるのかも」

二人で道場の壁に設置された大鏡の前へ移動し、もう一度技をやり直す。ほら今、今ふっと肩がゆるんだよ。不自由な姿勢で伝えると、瀬尾は鏡に映る自分の姿を見ながら何回も技の肝《きも》となる重心の移動を反復した。三回目でやっと負荷がゆるまずにがちんと鉄の錠《じょう》が下りたみたいに肩が極まり、ぐぐっと深くまで体が仰け反った。衝撃と共に畳へ叩きつけられ、閉じたまぶたの裏側に星が散る。今のよかったよ！　と叫ぶと、瀬尾は嬉《うれ》しそうにガッツポーズをした。

それから、ペアでの稽古《けいこ》時間が終わるまで二人で交互に技をかけ合った。瀬尾の体は硬くて重い。しかも手首が太く、つかみにくい。真知子が技をかける場合、腕力ではどうあっても制することは出来ないので、自然と全身を使った丁寧な動作を心がけることになる。少しでも体の軸《じく》がずれると、すぐに技がすっぽ抜けてしまう。なら技を受ける方が楽かと言えばそんなことはなく、若く力強い体から繰り出される技は、ポイントさえ押さえればもの凄《すご》い威力を発揮した。衝撃を受け流す動作の一つ一つに集中しなければ怪我《けが》をする。

茶帯同士で組んで稽古をするのはそう珍しいことではないが、若い男の子と組むのは初めてだった。昇段審査のペアを決めるのはこの合気道教室を運営している岩のように厳《いか》つい顔立ちの師範だ。学生は学生同士、中高年は中高年同士で組まされることが多いのだけど、たまたま人数合わせがうまくいかなかったのだろう。瀬尾との稽古は、仲の良い同年代の会員や、加減をしてくれる黒帯の上級者たちと行うそれの、何十倍もの速さで体力がすり減っていった。三十分もしないうちに全身から汗が噴き出し、道着の内側に着たTシャツがべったりと背中にへばりつく。

いつもの何倍も長く感じる二時間が過ぎ、しゅうごーお！　と師範の野太い声が響いた。道場内で技をかけ合っていた三十人ほどの会員が一斉に「押忍《おす》！」と返事をし、畳を波立たせながら師範のそばへ駆け寄って正座をする。稽古のポイントをおさらいし、全員で手をついて礼を行う。それで今日の稽古が終わった。真知子は斜め後ろで正座をしていた瀬尾を振り返った。

「お疲れさま」

「あ、お疲れさまです。それじゃ、また木曜にお願いします」

瀬尾は汗一つ掻《か》いた様子もなく歯を覗《のぞ》かせて笑った。これから十一月の昇段審査までの二ヶ月間、毎週火曜日と木曜日と土曜日に、真知子はこの年齢も体力もまったく異なる男の子と組んで稽古をし、一緒に黒帯を目指すことになる。

道場の掃除を終え、まだ残って技をかけ合っている会員たちを横目に更衣室へ向かった。いつもはもう少し居残るのだが、今日はもうくたくたで膝《ひざ》が笑っている。湿った道着を脱ぎ捨て、汗拭きシートで肌をぬぐう。強いミントの香りが漂う中、真知子は何気なく自分の手を見下ろした。まるで火傷《やけど》でもしたみたいに、両のてのひらが熱かった。

道場の受付でロッカーの鍵を返却して下駄箱へ向かうと、ちょうど同じタイミングで帰り支度を終えたらしいスーツ姿の痩《や》せた男性が革靴を床に並べていた。

「枡岡《ますおか》さん」

「お、岩田さん。お疲れさまです」

色白で背筋が真っ直ぐに伸びた枡岡を見るたび、真知子は実家のそばに生えていた白樺《しらかば》の木を思い出した。彼はこの合気道教室に十年近く在籍している古株の一人で、すでに二段を取得し、道場では黒帯を締めている。同じ五十代で、年が近いため話しやすい。最寄り駅まで一緒に帰ることにした。

赤信号の待ち時間に、真知子は浅い溜《た》め息《いき》をついた。

「もう、ぜったい貧乏くじ引いたって思われてますよー」

「そんなことはないでしょう」

「学生は学生同士で組ませればいいのに」

「岩田さんにとってはチャンスですよ」

「ええ？」

「あれだけ体格のいい、力の強い相手だ。技が通じるようになったら、本物です」

「本物ですか」

「はい。胸を張って黒帯を締められる」

枡岡のゆっくりとしたしゃべり方は、小石を等間隔で並べていくのに似た慎重さと確かさを持っている。仙人みたいな人だよね、とよく更衣室で囁《ささや》かれているだけあって、話を聞いているうちにその気になってくるから不思議だ。市役所の市民課に勤めていると聞いているので、いつもこんな口調で訪れた市民に住民票の写しや戸籍謄本《こせきとうほん》を発行しているのかもしれない。

「ペアはいろいろと相性や習練度を考えて決めているって、前に師範から聞いたことがあります」

「そうなんですか」

「はい。だから、二人が組まされたのには、ちゃんと理由があるんですよ」

そうだろうか。どう考えても瀬尾にとって、自分よりも遥《はる》かに体力的に劣るオバサンと組むメリットはない気がする。けれど、今は師範の采配《さいはい》を信じるしかない。じゃあがんばります、と苦笑いをして真知子は枡岡と駅のホームで別れた。

三駅ほど電車に揺られ、駅前のスーパーで葱《ねぎ》と牛乳と食パンを買ってから母親と二人暮らしをしている実家へ帰る。玄関のドアを開けるとまだ九時過ぎだというのに母親は眠っていて、室内の照明が消えていた。

昨年喜寿《きじゅ》のお祝いをした彼女は、ここのところ八時には床に入ってしまう。そして日が昇る前から起き出して、本を読んだりテレビを観たりしている。疲れやすい割に深く眠れないとかで、年々早寝と早起きの気《け》が強まっていくようだ。いつものことなので真知子は気にせずにシャワーを浴び、一人分の野菜ラーメンを作ってニュースを観ながら晩酌をした。

午後十一時頃、変な夢を見た、と言って寝癖《ねぐせ》をつけた母親が居間に顔を出した。いかにも苦しげに眉《まゆ》をひそめ、しわの浮いた手で足首の辺りをさすっている。

「足が痛い」

「つったの？」

「いや、ミイに噛《か》まれて、痛い」

「ミイ？　猫のミイ？」

「他のミイがいるもんか」

ミイとは母親がかわいがっていた三毛猫だ。七年前に死んで、今は庭のブーゲンビリアの根元に埋まっている。

母親いわく、夏祭りの夜みたいな暗く明るい賑《にぎ》やかな場所でくつろいでいたら、どこからかミイが駆け寄ってきたのだという。こちらの足へ、三角形の耳が二つ並んだ柔らかな頭をぐいぐいと嬉しそうにこすりつけてくる。なつかしさが胸にあふれ、満ち足りた気分で毛並みを撫《な》でていたら、だんだん腕が動かなくなった。よく見ると猫の毛をつなぎ合わせた細い糸が何重にも腕へ絡み付いていた。そしていつのまにか、自分の体が肉と骨で出来た生身のものではなく、粘土と木で作られた操り人形になっていた。壊れやすい容れ物《もの》の中に、ぬらりと濡れた生々しい魂が浮かんでいる、そういう存在が自分なのだとはっきり分かった。ふいにミイが容赦なく足へと噛み付いて、自分の魂と器を切り離そうとした。連れて行こう、器から魂を抜き取ろうと試みているのが分かり、急に恐ろしくなった。手足を思い切り振り回し、なんとかミイから逃げ出した。そんな夢だった、と溜め息をつきながら母は言う。

奇妙な話を聞き終えた真知子は首を傾《かたむ》け、氷を浮かべた焼酎《しょうちゅう》を一口飲んだ。

「なんだかいやな夢だねえ」

「ミイのことが大好きだったのに」

はあ、と再び重々しい溜め息をついて、母親は冷蔵庫から取りだした麦茶をコップへ注《そそ》いだ。

七十五歳を過ぎた辺りから、母親はこんな風に夜中に起き出すことが多くなった。眠りが浅く、いやな夢ばかり見るのだという。そのたびに彼女は真知子に夢の内容を話す。真知子が眠っている場合は、問答無用で揺り起こす。初めは「勘弁してよ」と断ったものの、誰かに話さないといやな夢の続きを見そうで眠れないのだ、と悲しげに訴えられ、仕方なく真知子は母親の夢の話に付き合うようになった。

ミイ、ミイがね、嬉しそうに寄ってきてね、と母親は同じ話をまた頭から繰り返す。

紙を丸めるように年々小さくしぼんでいく。忘れ物が増え、怒りっぽさが増し、耳が遠くなってきた。頰《ほお》とまぶたの肉が落ちて頭がい骨の輪郭が際立つ中、両の目ばかりがらんらんと、少女のそれに似たみずみずしさで光っている。

静まりかえった深夜の居間で終わりのない話に相づちを打ちながら、真知子は氷の残るコップに焼酎を注《つ》ぎ足《た》した。頃合いを見て、体が冷えるからそろそろ布団に戻りなよ、と母親の肩を叩く。そう、そうねえ、ううん、とぐずる彼女の手首を握った。

皮膚のたるみが、中指の腹で柔らかく潰《つぶ》れる。関節炎を患った指は内部に小石を含んだように節《ふし》くれ立ち、乾燥した皮膚は鱗《うろこ》に似た細かな模様を浮き立たせている。手を取って腰の曲がった体を引き上げると、流れ続ける川の水を握りしめられないのに似た心もとなさが込み上げた。あの熱い、鉄を握りしめるような充足をくれる瀬尾の手とは、反対の。

「足が痛いんだ、ミイに嚙まれた足が」

「ミイはもういないよ。冷やすから足がつるんだ。ほら、足をちゃんと毛布のなかにしまって」

「なんであの子は嚙んだんだろう」

「おやすみ」

仏壇が置かれた寝室の布団に母親を寝かしつけ、後ろ手にふすまを閉めた。低い独り言がぼそぼそと天井や床を這《は》って追いかけてくる。

ふと、真知子は自分の手を見下ろした。青い静脈が透けて見える、なんの変哲もない女の手だ。右の手の甲に浮いた、人差し指と親指へつながる二本の骨のあいだの柔らかい部分に、薄い青色がべたりと張り付いている。たぶん瀬尾の指のあとだ。手首を極める技をかける際に、強くつかまれてあざになったようだ。

稽古で青あざが出来るのはそう珍しいことでもない。真知子は顔の前に手をかざし、おもちゃの指輪でももらった気分でそれを眺めた。瀬尾君は私の手首を見て、握りながら、どんなことを考えるのだろう。苦い想像に首を振り、コップを片付けて二階の自室へ上がる。

翌日は打ち合わせが入っていた。真知子は業務用食器の卸売会社に勤めている。三十代に二度転職を経験し、ここは生涯で三つ目の職場だ。給料は安いがセクハラもないし、穏やかな社風が気に入っている。

昼前に取引先へ向かい、顧客であるレストランのオーナーと次に納入する商品の相談を行った。あらかたの注文が決まったところで、持参したサンプル品を会社のライトバンに詰めて帰途につく。

道中の運転は、経理部から異動したばかりで研修の一環としてついてきた後輩が担当した。入社三年目の女子社員だ。ゆるく巻いたセミロングの髪を茶色く染め、すべすべの頬にはストロベリーピンクのパウダーをはたき、目はなるべく大きく見えるよう縁取って、顔全体がショートケーキのようなふんわりと甘い印象になるように整えている。ここ数年、入社してくる女子社員の風貌《ふうぼう》がみな似たり寄ったりに感じるのは、実際に人事が好みの偏《かたよ》った採用をしているのか、それとも細かな違いが汲《く》み取れないくらいに自分が彼女らの流行や感性から遠ざかったのか、どちらだろう、と真知子は時々考える。

カトラリーと皿の合わせ方や提示された予算に収まるメーカーのラインナップなど、先ほどの打ち合わせにまつわる会話が尽きた頃、いかにも手持ちぶさたと言った調子で後輩が口を開いた。

「あれえ、岩田さん、手になんか怪我してます？」

「ああこれ、習い事でね」

「なにかスポーツでもやってるんですか」

「うーん、ちょっと照れくさいんだけど、数年前から合気道を始めたのよ」

「合気道！　あれですか。一本背負いみたいな」

「それは柔道かな。似たような技はあるけど」

「へー、かっこいい。岩田さんってそういうのすごく似合う」

ふわふわした彼女のしゃべり方に、適当に言ってるなあ、と真知子は思わず苦笑した。けど、真知子はよく「かっこいい」という言葉を投げかけられる。単純に髪を男性と同じくらいに短くして、こざっぱりとしたパンツスーツを好んで着ているからだろう。自分の体に装飾を重ねることが、なぜだか昔から好きではない。そうすると結果的に男性のファッションに近い服を着ることになり、同性からは「かっこいい」という評価を受けやすくなる。男っぽい格好を好む女に対する、それが一番当たりさわりのない相づちなのだ。言われて嬉しくないわけではないが、たまに肩幅の合わない他人の上着を誤って羽織《はお》った瞬間に似た、むず痒《がゆ》さを感じる。

「ただの健康維持だよ。通う場所が出来る分、マラソンよりは続けやすいかと思ってさ」

「それで合気道はあんまり出てこないですよー。ヨガとかダンスとかならともかく」

「むしろ、ヨガとかダンスをさらっと選べる人も特徴的だと思うよ」

後輩はよく分からないとばかりに首を傾《かし》げた。それは、彼女がためらいもなくヨガやダンスを習い事として選ぶタイプだからだろう。真知子は首を振り、三時にもう一軒行くからね、今度はフレンチレストラン、と午後の予定を伝えた。

バン、と鋭い音を立てて道着を着た体が畳へ叩きつけられる。体の軽い女性や子供でも、投げられると思った以上に大きな音が立つのは、受け身の音が体重を反映したものではなく、投げられた強さを反映したものだからだ。受け身を取る際は、体が落ちるよりも先にしっかりと畳を叩いて衝撃を流し、腹筋に力を込め、最後に落ちるかかとを打ちつけないように傾けるのが怪我をしないコツだ。

稽古のあとの自由時間に疲弊《ひへい》した筋肉をストレッチでほぐしながら、真知子は男性会員たちが集まって行っている自由技の練習を見るともなしに眺めていた。自由技とは二人一組でペアになって、ひたすら片方が流れるように絶え間なく技をかけ続け、もう一方が受け身を取り続ける行為だ。白い道着が繰り返し宙を舞い、畳を鳴らして立ち上がる。

師範の稽古は老若男女を問わず、参加する全員が無理なくできるペースで進められるため、体力の極限まで追いつめられてふらふらになる、ということはあまりない。自由技の練習でも、だいたい十本も投げれば「そこまで」の声がかかる。けれどそれでも真知子にとっては充分すぎるほどの運動量で、稽古のあとには全身がぐっしょりと汗に濡れ、持参した五百ミリリットル入りのスポーツ飲料が空《から》になる。

　ただ、体力がありあまる若手の男性会員はさらに限界まで体を追い込みたいと思うのか、時々こうして、稽古のあとに集まって技をかけ合っている姿が見られた。特に血気《けっき》盛《さか》んな学生の中には、この時間を一番楽しみにしている者も多いようだ。男性の中でも体力に自信のあるメンバーしか集まらないため、覚えた技を自分と同等か、それ以上に屈強な相手に力いっぱいぶつけ、その手ごたえを確かめられるからだろう。技をかける方も受ける方も、動作の端々から喜びを迸《ほとばし》らせている。思うがままに、自分の力を爆発させられる喜び。別に男性でなければ入れないと明言されたわけではないけれど、女性会員には交ざりづらい雰囲気がある。

　真知子は右手を顔の前にかざした。瀬尾がつけた指あとの青あざが濃くなっている。若い頃には意識もしないうちに治ったものだが、なかなかあざが消えない。しかも稽古の際にどうしても指が当たる位置なので、ますます色が深まっていく。

「やあ、今日もお疲れさま」

　荒々しい技の応酬に目を奪われていると、枡岡がふらりとやってきてそばへ座った。道場を出てしまえばただの痩せたサラリーマンだが、腰に黒帯を巻いた彼はまとう空気が凜《りん》と引き締まり、ますます仙人めいて見える。

「お疲れさまです」

「今日も丹念でしたね、そちらのペアは」

枡岡は今回は昇段審査を受けないため、審査ペアで組んで練習する時間には指導役の一人として茶帯や白帯を見て回っている。ありがとうございます、と真知子は苦笑混じりに頷《うなず》いた。

「でも、やっぱり瀬尾君は私に手加減してるだろうと思うと、悪くて」

「そう思いますか」

「はい。オバサン相手ですし」

次っ、という呼び声に押忍！　と応じ、自由技に参加している瀬尾が茶帯を揺らして畳の中央へ駆けだした。体格のいい黒帯会員と向き合って構えを取り、鋭い正面打ちを放つ。その初めの打ち込みから既に、真知子は自分に向けられるものとは強さが違うように感じた。一打を受け止められた次の瞬間、瀬尾の体がふわりと投げ出され、重々しい震動と共に畳へ叩きつけられる。けれどきちんと受け身を取っているため、すぐさま起き上がって再び正面打ちを放つ。今度は腕を逆関節に極められて崩れ落ちた。

「こっちの方が楽しそうですし」

「まあ、自由技は派手だから。映画のアクションシーンみたいで、好きな人は多いでしょう」

　やがて技をかける者と受ける者とが交代し、瀬尾が黒帯会員を投げ始めた。さっそく今日教わったばかりの、真知子と一緒に練習した入り身投げを放つ。ぐぐっと片腕を相手の胸元深くへとすべらせ、仰け反らせてから下方に叩きつける技で、受け身を取るのにコツがいる。稽古の間はペアの真知子が頭から畳に落ちないよう、瀬尾は終始気づかっているように見えた。

　しかし相手が黒帯でさらに同じ男性となれば、ダメージを案じずに思い切り投げることが出来るのだろう。瀬尾はハッ、と気合いを込めて仰け反らせた相手を大きく投げた。重い音を立てて受け役の黒帯会員が畳に落ち、すぐさまバネのように起き上がって再び打ちかかった。

　肉体の強さが眩《まばゆ》く光る。打ち込みの威力、技のキレ、起き上がる速度を支える鋼《はがね》のような筋肉。女性会員の技にももちろん特有の柔らかさや上手《うま》さといった美点はあるものの、男性同士の技のかけ合いには花火が弾《はじ》けるのに似た荒々しさと爽快《そうかい》さがある。楽しそうだな、と痺《しび》れるように思う。

「ああいうのを見ると」

　唇から零《こぼ》れた一言に、真知子はまばたきをした。道場の喧騒《けんそう》がふっと遠のき、また耳へと戻る。そばに座る枡岡へ振り返ると、彼は不思議そうに首を傾げていた。

「ん?」

「あ、いえ」

枡岡の穏やかな沈黙につられ、やたらと子供っぽいことを呟《つぶや》きそうになっていた。少し恥ずかしくなって口を押さえる。

けれど通い慣れた道場の広い畳と、目の前でひるがえる白い道着、稽古を終えたあとの穏やかな空気を味わううちに、別に言ってしまってもいいか、と思った。大したことではない気がする。手首を握ったり、手刀を受け止めたり、畳に押し倒して絞め技をかけたりと肉体的な接触が多いせいもあって、真知子はいつのまにか週に三回通っているこの道場の会員に対して、ある種の家族的な連帯感を持っていた。それに女友達相手の方が、かえって言い出しにくい話題でもある。

「ああいうのを見ると、男に生まれてみたかったなあって思うんですよ」

枡岡は目を見開き、少し間を置いて考えながら遅い相づちを打った。

「へえ、そういうものですか」

「いやね、女だとまず無理でしょう、あの動き」

「まあ、ある程度の筋力は必要ですね」

「若い頃はなんていうか、自分だって頑張ればそこそこは、って思ってたんです。私はバレーボールをやってたんですけど、時には男性選手からも、なかなか強いねって言ってもらえて。おお、捨てたもんじゃないなって」

「はあ」

「でも、今になって思うのは……ほら、あんな風に思いっきり体を動かして大きな音を立てたり、衝撃を受け止めたり、すばやく起き上がったり、ためらいなく相手に力をぶつけるっていうのは、女でも頑張ればどうこうとかそういう話じゃなくて、もっと大きな、根本的な違いだったなって」

「女性のスポーツ選手で、男性よりも体力的に優れた人はたくさんいるでしょう」

「でも、たとえば女性会員同士のペアだと、正面打ちをあんな風に思いきり打つのは難しいです。……うーん、まずそういう、力のぶつけ合いは楽しいものだっていう共通の下地がないとだめで。さらにお互いが、力を出してもちゃんと相手はいなしてくれる、大丈夫だって思う、肉体の丈夫さへの信頼がないとだめ」

「でも、道場に来ている女の人なら別にいいんじゃないですか。強くなるために来てるんだから」

「枡岡さん、女性会員に向けるときと男性会員に向けるときとで、正面打ちの強さ、変えませんか」

「え、ああ……少しは変えるかも知れませんね」

「でしょう？　女同士だってそうですよ。力いっぱいやったら変に痛めつけちゃいそうでこわいな、もし受けきれなかったら向こうの受け身が悪いんじゃなくて、やりすぎたこっちのせいになりそうだな、って。つい考えちゃいます。でも男同士だったら、起こったことは同じでも、解釈の文脈が少し違う気がして」

「うーん……」

ありがとうございました！　と肩で息をしながら瀬尾が黒帯会員と向かい合って礼をする。恐らく彼の手首は、真知子が知るよりもさらに熱くなっているのだろう。ちりっと手の甲のあざが疼《うず》いた。初めは若い男の子につけられたあざ、と面白がっていたけれど、色が深まるにつれて、まるで自分の老いと非力を象徴するようなこの青色を、瀬尾に気づかれたくないと思うようになった。

引き続き並んで自由技の練習を眺めているうちに、口を結んでいた枡岡がふと首を傾げた。

「岩田さん、ご結婚されてましたっけ」

「いやあ、あいにく」

「男のご兄弟とか」

「いません。もう結婚して、遠くに住む妹が一人います」

長く付き合った恋人もいたけれど、相手の転勤で関係が途切れたり、最後の最後でうまくいかなかったりと、真知子はいつもあと一歩のところで結婚に結びつかなかった。しかも数年前に父親が病で亡くなり、それからは実家に戻って年老いた母親と女二人で暮らしている。

「学校も女子校でしたし、思えばあんまり男性と縁がない半生でした。だから、ぜんぜん違う世界の人たちだって今でも思っているのかも知れません。なんていうか……あの力強さを自分が持っていたら痛快だろうなあって思います」

「まったく逆の、だけど同種のことを、女性に感じて生きる男もいそうですけどね」

枡岡は顔をしかめるようにして笑う。真知子は首を傾けた。

「女のなにかがうらやましい的な？　そんな人、いますか」

「そりゃいるでしょう」

「ままならない」

「まったくです」

まもなく道場を閉める時間となり、残っていた会員たちは帰宅を促《うなが》された。白い道着の群れに交ざって真知子と枡岡も更衣室へ入り、身支度を整えて受付に鍵を返す。

連れだって駅へと向かう途中に、枡岡はこんなことを言った。

「合気道って、老人から子供まであまり体に負荷をかけずに学べて、しかも力の弱い人でも腕力に頼らずに自分より力強い相手を制圧出来る、っていうのがポイントなわけじゃないですか」

「はあ」

「柔《じゅう》よく剛《ごう》を制すの柔道でも、小は大を制すの空手でも。他にも、音楽であったり、舞踊であったり、ファッションであったり、そういった文化と呼ばれるもろもろは、なんらかのままならなさで悩んだ人が作ったんですよ。きっと」

「ああー」

一応相づちを打ってみせるものの、そんな大がかりなことを言われたってまったく実感できないし、なんのなぐさめにもならない。この人はやっぱり世俗を離れた仙人だな、と呆《あき》れた気分で顔を覗く。すると、なぜかさりげなく目をそらされた。枡岡は少し早口で続ける。

「稽古、がんばってください。審査当日の岩田さんと瀬尾君の演技、楽しみにしてます」

「あまりプレッシャーかけないでくださいよ」

「はは」

一足早くホームにすべり込んだ電車へ乗り込み、枡岡は扉越しに会釈をした。真知子はひらひらと片手を揺らす。道着を脱いで背広に着替えた枡岡は、本当にどこにでもいるありふれた中年男性だ。疲れ顔の通勤客にたやすく紛れてしまう。夜の街へみるみる吸い込まれていく車体を見送り、真知子も反対側のホームから自宅へ向かう電車に乗り込んだ。

帰宅すると、パジャマ姿の母が電話をしていた。少し華やいだしゃべり方を聞くだけで、相手が妹の多恵子《たえこ》だと分かる。冷蔵庫に残っていたチャーハンを温め直して食べているうちに、通話を終えた母親が嬉しそうにそばへ座った。

「沙耶《さや》ちゃんの成人式の着物を選んできたらしい。紫の振袖《ふりそで》に金茶の帯だって。写真を送ってくれるって言うから、楽しみだね」

沙耶というのは多恵子の娘で、母にとっては目に入れても痛くないほどかわいい孫だ。大学に入ったと少し前に報告された覚えはあるが、もう成人か、と時の流れの早さに驚く。実感もなく、手ごたえもなく、川の流れと同じなめらかさで一年、二年、と過ぎていく。

「成人式って確か一月でしょう？　ずいぶん早いね」

「人気のやつはすぐに借りられちゃうから、早めに下見に行くものらしいよ。沙耶ちゃん、興奮して二十着以上も試着して、家に帰ったら熱を出したってさ」

女の子だねえ、と母親はいとしげに目を細めた。ううんと喉《のど》でうなり、真知子はニラとちくわが入ったチャーハンを口へ運ぶ。

いまやすっかり現在よりも過去の思い出と親しくなっている母親は、なんらかの琴線が刺激されたのか、甘いものでも嚙みしめるような顔で「多恵子もねえ」と続けた。

「そういった行事でおめかしするのが好きだったから、ことあるごとにおおはしゃぎだった。ほら、七五三のときに、いとこのはっちゃんの着物を借りてさあ」

「そんなこともあったっけ」

「やだね、忘れたのかい。あの子、脱ぎたくないって泣き出して大騒ぎになったんだよ」

「あーあーあー」

そうだった気もする。かしこくて要領のいい妹が、我を張って周囲を困らせるのはめずらしかった。母親は膝を叩いて笑う。

「姉妹そろって、おめでたい日に泣きべそかいてるんだから」

「え？　私も七五三で泣いたの？　まっさかあ」

「いやあ、確かあんたも泣いてたよ。なんだっけね……ああそうだ、お化粧なんかしたくないって言って泣いたんだ」

小さな子供のまっ黒い瞳が、鏡の中からこちらを見返す。その光景がちかりと頭のすみで瞬《またた》いた。みるみる視界がうるんで歪《ゆが》み、まばたきと同時に涙が落ちる。柔らかいものが胸の内側でゆっくりとしぼられ、しくしくと痛む。泣けば泣くほど、化粧をしてくれた美容師も、周囲の親戚も、あら変な子だねえ、女の子なら嬉しいはずなのに、と笑った。

「ああー……なつかしいなー」

あんまりに笑われるものだからうまく言えなかったけれど、あのとき、自分の顔を変えられるのが、どうしてもどうしてもいやだった。花が散らされたきれいな着物も、まるできらびやかな鎖のように感じていた。鏡台に向かっていたときの恥ずかしさと心細さが色濃い記憶として蘇《よみがえ》る。

「なんかイヤだったんだよねえ」

「あの頃からちょっと変わってたね、あんた」

「うーん」

「その後も姉妹でやることなすこと一から十まで違うんだから、性格なんて持って生まれたもんで、親がどう育てたかなんて関係ないんだろうね」

「どうだろう」

自分にまつわる話題は居心地が悪く、真知子は曖昧《あいまい》に笑って肩をすくめた。空になった皿を片づけ、お風呂に入ってくる、と母親に告げて席を立つ。脱衣所で服を脱ぎ捨て、汗を掻いてぱりぱりになった肌をシャワーのお湯で流した。髪を洗い、肌を洗い、さっぱりとした気分で湯船に沈み、水面に覗く自分の膝頭をぼんやりと眺める。

社会に出てから仕事ばかりしていた自分とは異なり、妹の多恵子は学生時代に付き合っていた恋人と結婚し、成人後はすぐ二人の子供に恵まれた。確かに七五三で泣いた理由から始まって、姉妹の嗜好《しこう》はけっして交わることはなく、真っ二つに分かれ続けた。バブル以前の、二十代後半の女性のほとんどが家庭に入っていた時代背景を考えれば、多恵子の方がより一般的で、自分の方が変わり者だったのだろう。化粧がイヤで、ドレスアップがイヤで、髪を伸ばすのがイヤで、スカートをはくことすらも出来る限りは避けたかった。かつて婚約者の実家に挨拶《あいさつ》に行った日、うちの煮物はこうだから、味噌汁《みそしる》はこうだから、あの子きっとさびしがるから食べさせてあげてね、と彼の母親に家庭の味を仕込まれて、ああだめだ、と思った。料理を教えられたことがイヤだったのではなく、一つの家庭で妻や母親といったおしろいの香りがする役割を負っていく自分の姿を想像し、それを受け入れることが出来なかった。それは私じゃない、と七五三の日に泣きながら鏡を睨《にら》んだのと同じ気持ちが込み上げた。

結局小さなほころびから婚約話は空中分解し、いい話だったのにと気落ちしていた真知子の母親も、最後には「しょうがないね」と息を吐《つ》いた。あの頃、丸まった彼女の背中を見て、肩身が狭く感じたのを覚えている。

ちゃぷ、と湯を揺らして右手を顔の前へとかざす。初めは分かるか分からないかぐらいだったのに、いつしかはっきりと青味を帯びた指あとを眺める。そして、手の甲全体を。指の付け根や爪の周りに浮いた細かなしわは、いつ頃から出始めたんだったか。皮膚を押し上げる骨の印象が年々強まっている気がする。きっと、肉が落ちているのだ。

私は、と胸で呟き、真知子は濡れた手を見つめてまばたきをした。多恵子や沙耶のように女に生まれたことを十二分に謳歌《おうか》する瞬間は、これから先もきっと、ない。その感性を持って生まれなかった。かといって男の楽しみを獲得できるわけもなく、この中途半端な無感覚に漂ったまま、いずれ母親のように年をとって死ぬのだろう。瀬尾の手首をあんなに熱く力強く感じたのは、自分のてのひらが知らないうちに冷たく衰えていたからだ。

それを飲み下すのは、悲しいことでも大変なことでもなんでもなかった。ただこれまでと同じ、というだけだ。男性に欲情できないとか女性を好きになるとか、そこまではっきりしたサインはないけれど、なんとなく女という性になじめず、それを楽しめない。あまり話題にされないだけで、案外自分と似た人は多いのではないかと真知子は思う。

ふと、文化、と枡岡が言っていた大雑把《おおざっぱ》な言葉を思い出した。肉体のままならなさを越える道具として文化があるなら、道場通いは私を助けてくれるだろうか。

湯船の中で、受け手がこちらの手首を握ってきたと仮定して、腕を肩関節を極める形に動かしてみる。指先から落ちた湯の雫《しずく》がぱたぱたと明るい水面を乱した。

気温が下がるにつれて、少しずつ真知子と瀬尾のペアは動作が嚙み合うようになった。真知子は瀬尾の体の硬さに慣れ、瀬尾も真知子の特徴を飲み込んだようで動きにためらいがなくなった。こうなると、ひたすら課題になっている技を繰り返す、いわゆる反復練習がしやすくなる。

たびたび相談を持ちかけたせいか、ペアでの稽古時間にはよく枡岡が様子を見に来てくれた。二人の腕さばきや足運びを確認し、横で実際に自分もその動作を演じながらアドバイスをくれる。

「岩田さんは受け身をもう少し練習しましょう。常に視線は下腹に据《す》えて、シルエットが丸くなるように。あと、最後にかかとを畳へ打ちつけてますね。このままだと足を痛めます。必ずこうっ……こうです、この姿勢を維持するように。どうしても打ってしまうようでしたら腹筋を鍛えて、最後にくっと力を入れる癖を付けてください」

「押忍！」

「瀬尾君はちょっと力技だね。そんなに相手の手首をひねらなくてもこの技はかかります。むしろ、手元に意識が行くとバランスが悪くなる。こう、手は指を添える程度で、あとは前進する体の動きで投げる。——ほら、肩が極まるだろう？」

「押忍！」

普段は気安い友人でも、稽古中の黒帯会員は白帯茶帯を指導する役割を負っている。アドバイスが終わると、真知子は瀬尾と一緒に頭を下げて「ありがとうございましたっ」と声をそろえた。さっそく指摘された箇所を練習する。瀬尾は真知子の体をさばき、技をかける手元には力を込めず、体の前進を利用してセイッ、と投げた。

それまでは手首ばかりがひねられて痛かったのに、指導を受けた途端、瀬尾の力の伝わり方がより強く、より大きなものへ変わったのを感じた。ぐんっとまるで乗り物に運ばれるみたいに否応なく体が動かされ、遠くへ投げ出される。真知子は目を見開き、慌てて畳を叩いてぎこちない受け身を取った。

「今のすごくよかったよ！」

「よっしゃっ」

「忘れないうちに何回かやろう」

瀬尾の動きはよくなったけれど、真知子の受け身はなかなか改善されなかった。投げられた反動を殺しきれずに腰やかかとを打ってしまう。何回か一人で飛んでみたところ、そばで見ていた瀬尾がうなりながら首を傾げた。

「回転しながら、ちょっと首がかくって上向いちゃってる感じですね」

「なんでだろうなあ、気をつけてるんだけど」

「へそ見て、へそ。俺いつも、帯の結び目見てます。初めから最後まで、ずーっと見たまんまにするの」

帯を見たままでいようと思うのに、くるりと一回転して畳を叩いた瞬間、衝撃でどうしても頭が仰け反る。そのせいで姿勢が崩れ、腰を打ちつけてしまうようだ。枡岡の言う通り、筋トレをした方がいいのかもしれない。

「瀬尾君は受け身が上手だよね」

「へへ。俺、受け身好きなんです。技をかけるより、こっちのが楽しい」

「え、そうなの？」

　男の子はみんなやられ役ではなく、敵をばったばったとなぎ倒すジャッキー・チェンになりたがるものだと思っていた。照れくさそうに顔を緩め、瀬尾は何度か頷いた。

「いや、技をかけるのももちろんスカッとしていいんですけど、こう、受け身って慣れてくると、ああもう俺はこの角度で投げられても、こんだけの強さで投げられても大丈夫だな、ぜったい怪我しないなって、ぐんぐん自分の大丈夫な範囲が広がっていくのが分かるんです」

「……へええ」

「で、ある程度大丈夫って自信がついて、受け身が安定すると、強い人に投げられたときに、でっかい力がどっと自分の体を通り抜けていくのが分かって、楽しい」

　瀬尾の話を聞きながら、頭の中で小さな星がちかちかとまたたくのを感じた。なんて面白そうなんだろう。そんな特殊な感覚を味わってみたい。

「私も受け身が得意になりたいな」

「なれます、なれます。俺、白帯のとき、受け身ばっか練習してる変なやつだったんで、手伝います。黒帯のすげー上手い人に強めに投げてもらうと、ジェットコースターみたいで超楽しいっすよ」

自分はこれまで黒帯会員に投げられるときにはいつも技の威力を警戒して、緊張していた気がする。けど、どうやら瀬尾は機会を得るたびにまったく違う喜びを嚙みしめていたようだ。

今度は技をかける方と受ける方とを交代して同じ技を練習した。瀬尾は真知子よりも二十センチ近く背が高く、体が硬くて、重い。力技ではなにも通じない。なのでゆっくりでも基本に忠実に、体全体を使って技をかけることにする。前進に合わせて投げ技を放つと、瀬尾はきれいに回転して受け身を取った。すぐさま体の向きを変えて立ち上がる。ふと、不思議そうに真知子の手元を見下ろした。

「岩田さんって、技かけるのすげえスムーズですよね」

「そ、そうかな」

「なんでだろう。力がすこーんって真っ直ぐくる感じ」

「ありがとう。たぶん技をかけるときに、腕を体の正面からはみ出さないようにしてるからかな。ほら、体格差もあるし、単純な腕力だと瀬尾君を投げられないから、前進と一緒に投げるの」

照れくささに、説明しながら顔が熱くなる。一緒に鏡の前に並んで、技をかける動作を反復した。性別も世代も立場も好きなアーティストも、なにもかもが違う二人が、同じ動作をして、同じ事柄について相談し、話し合っている。不思議だな、と真知子は鏡に映る自分の目を見返した。けど、自分の目はきれいな着物を着て化粧をされた日のように嫌がってはいない。むしろ老若男女が青あざだらけ、汗だらけで入り交じり、体を動かしているこの場所がひどく心地いい。

朗々と響く師範のかけ声で稽古が終わった。今日は居残ることに決めて、水分を補給してから道場の端で受け身の特訓を続けた。他の会員も、特に真知子や瀬尾と同じく昇級・昇段審査を受ける人たちは残って練習を続ける人が多いようだ。

しばらくして、自由技に参加してきたらしい瀬尾が息を弾ませながら近づいてきた。くるりと回転する真知子の動作を眺め、もうちょっと遠くに手をついた方がいいかも、などと感想を述べる。

「でもさっきよりきれいに回ってます」

「よかった」

いいタイミングだったので休憩を入れ、技の一覧表を広げて次の稽古日に練習する技を相談する。審査当日まであと一ヶ月。正念場だ。

道場の中央から鋭い気合いの声が上がり、なにげなく真知子は顔を上げた。大柄な男性たちが自由技を行っている一帯で、細身の黒帯会員が落ち着いた足さばきで相手役を投げ飛ばしている。

「あれ、枡岡さん？」

「そう。珍しいっすよね。俺もさっき相手してもらいました」

枡岡の技は挙動の一つ一つが重く、無駄な動きが見当たらない。そのため、心もち他の会員よりもゆっくり動いているように見える。けれど技の威力は相当のようで、受け身を取る会員の足元が覚束《おぼつか》なくなっている。

「枡岡さんどうだった？」

「いやー強いっすよ。投げる力が全然ぶれない。さすが仙人って感じ」

へえ、と相づちを打ち、真知子は枡岡の背中を眺めた。これまでに指導の一環として何度か枡岡に投げてもらったことはあるが、受け身が取りやすいようにかなり気を配ってくれているのが伝わる投げ方だった。なので、真剣に加減のない力で会員を投げる姿を見るのは初めてな気がする。枡岡は自分の力を周囲に誇るタイプには見えなかったので、少し意外だ。どういう心境の変化だろう。

枡岡は投げ続けた相手が畳へうつぶせになるよう制圧し、最後に静かな気合いと共に肩関節を極めた。

初めは眠る前に腹筋と背筋、腕立て伏せを十回ずつから始めた。居間のカーペットに寝そべり、無理はせずにゆっくりと行う。慣れてきたら十五回、二十回、と少しずつ回数を増やしていく。

真知子が筋トレを始めて一週間ほどが経《た》った日、風呂上がりに横を通った母親が顔をしかめながら言った。

「あんたさあ、無理してぎっくり腰にでもなったら大変だよ」

「だい、じょう、ぶー」

上体を持ち上げ、腹筋に力が入るタイミングに合わせて言葉を返す。

「ほんとにいくつになっても落ち着きのない子だねえ。なにやってんだか」

「黒帯、とりたい、のよ」

「そんなのとってどうするんだい、仕事に使うわけでもあるまいし」

「いいじゃない、ほっといて、よう」

母親はますます眉間《みけん》のしわを深め、はあ、と呆れたような溜め息をついた。勝手にしなさい、と言って寝室へ入っていく。さっそく父親になにか告げ口しているのか、仏壇のリンを鳴らす音がした。は、は、と浅く息をして、予定していた回数に達すると一気に体の力を抜いた。心臓が左胸でうるさいぐらいに鳴っている。

けれど、気がつけばすべてのメニューを二十五回ずつ出来るようになった。満足して、真知子は母親が使った残り湯に追い焚《おだ》きをかけた。服を脱ぎ捨てて浴室へ入る。鏡に映った下腹が少しへこんだ気がして、気分がいい。

頭と体を洗って浴槽《よくそう》に浸《つ》かり、あとはこれだな、とげんなりした気分で右の手の甲を見た。青あざは色が沈着し、ふちの部分が黄色くにじみ、ますます大げさな見た目になっていた。ここ最近は、ほとんど瀬尾の指に無理な力はかかっていない。つまり、ペアを組んだばかりの頃につけられた指あとが、一ヶ月半かけてようやく治りつつあるということだ。

あとどれくらいで完治するのだろう。瀬尾の目線が手の甲に流れるたび、なにか言われるのではないかと気になってしまう。大して痛くもないのだから、稽古中のこんな些《さ》細《さい》な怪我について謝られたくはないし、気にして手加減をされたらもっとイヤだ。出来るなら、審査当日にはきれいに消えていて欲しい。すっきりした心もちで臨《のぞ》みたい。

湯から上がり、ビールを飲みながらソファに寝そべってスマホの画面を点《つ》けた。手、あざ、消し方、早く治す方法、と思い浮かぶ単語を検索サイトのボックスに放り込む。美容のサイトがすぐにヒットして、温めるだの冷やすだのの対処法が紹介されているページに辿《たど》りついた。さらにそこから、肌、乾燥する、しわの消し方など、日頃つい頭をよぎる悩みを入力して散漫にネットサーフィンをした。面白いのでついついお酒が進む。

そのうちに、いつのまにか美容相談にまつわる匿名掲示板に迷い込んでいた。寝ているあいだに出来る保湿、てのひらの血色について、だんだん爪が割れやすくなりませんか、といったタイトルが付いたスレッドを順々に眺めていく。だいたいこういった相談事の掲示板は、同じ悩みを持つ人同士の情報交換の場になっている。仲間を見つけた生ぬるい安心感を味わいつつ、肌にいい食べ物などのお役立ち情報を拾っていたら、ふいに『手が大好きなので、いま起きてる人の手の画像をください！』という不思議なスレッドタイトルが目に飛び込んできた。あまり考えずに、酒の勢いでページを開く。

どうやらスレッドを立てたのは十代の女の子らしい。人の手がとても好きで、見ていてドキドキするのだという。だからこの時間に起きている人がいたら、ぜひ手の画像を投稿して見せてくれ、という主旨だった。

インターネットの掲示板には、有益な情報交換のスレッドばかりでなく、よくこういった雑談のスレッドも見受けられる。今なにを食べているか教えて、だの、最近発売されたコンビニのお菓子について語り合おう、だの、いわゆる世間話をしようという誘いだ。真知子はどうして顔も知らない他人とそんな話をして楽しいのか、さっぱり良さが分からない。

けれど物心ついた頃からパソコンがそばにあった世代にとっては、当たり前のことなのだろう。それは大盛況のスレッドをスクロールしているだけでも分かる。この手にまつわるスレッドも、ずいぶんたくさんの人が画像を投稿していた。大きな手、小さな手、日に焼けた手、色白な手。なかには指輪をつけている手や、手首のくびれに小鳥を留めている手なんかもあって、バラエティに富んでいる。初めは男性の手が多かったが、途中からは女性の手も交ざり始めた。手、と一口に言ってもいろいろ個性が出るものだ、と奇妙な気分で眺めていく。スレッドを立てた女の子がまたずいぶん丁寧で、やれ指が長いだの爪の形がきれいだの、投稿される手の一つ一つに美点を見つけて褒めているからかわいらしい。

真知子はふと、学生時代に友人と教室で手相を見せ合った記憶を思い出した。少女雑誌を参考に恋愛線がどうの、結婚線がどうの、とずいぶん言い合ったものだ。手の画像を投稿すれば十代の女の子に褒《ほ》めてもらえる、というこのスレッドのくすぐったいような雰囲気は、あの教室のものと少し似ている。果たしてあの少女雑誌の手相特集は、五十歳を過ぎても運命の人は現れず、年老いた母親と実家で二人暮らしをしている、という自分の未来をちゃんと当てていただろうか。

甘酸っぱい気分でスクロールしていくうちに、少しずつスレッド内の風向きが変わっていくのを感じた。きっかけは、ユーザーの一人がスレッド主の少女に「あなたの手を見せてよ」と呼びかけたことだ。少女は手が荒れているので投稿したくない、と断った。なんでも見目が悪く、好きな人に手をつなぐことをいやがられてしまったらしい。

わっかいなあ、とまず思った。そんな手もつないでくれない男のどこがいいんだよ、こっちからお断りだろそんなやつ、と光る画面に向かって悪態をつく。だいぶ酒が回ってきた気がする。いつ追加を冷蔵庫から持ってきたのか思い出せないが、普段は一本で止《や》めるのに、気がつけば二本目のビールの缶を手にしていた。

手が汚い、汚くない、などの問答が続くスレッドを眺めるうちに、真知子はなんだか悲しくなってきた。だってこのスレッド主の女の子はきっと瀬尾と同じ、むしろさらに強くて熱くてみずみずしいくらいの、眩《まぶ》しい手首を持っているのだ。あざがついたってすぐに治る。これからなんでも手に入れられる。その許された時間の尊さは、気がつかなければ砂時計の砂粒のように刻一刻と失われていく。

ふらりと、スマホを支えていた親指が動いた。リアルタイムでコメントが増えていく、スレッドの書き込み画面へ触れる。

『手が荒れてる人だっていっぱいいるよ、なんにも恥ずかしいことじゃないよ。むしろ、せっかく若いのに、そんな風に悩む時間がもったいない。ぼうっとしてたら、すぐこういう手になるよ』

少し迷って、真知子は自分の右手をスマホで撮影し、コメントと一緒に掲示板へ投稿した。その方が、スレッド主の女の子に言いたいことが伝わると思ったのだ。インターネットに掲載された自分の指は実物よりもいくぶん痩せて、陰って見えた。

匿名であるからこそ、ネットの口調は荒々しい。汚い手ぇ見せんなオバサン、こういう自己満足のお説教うっとうしい、と容赦のないコメントがつらなる。外野は黙ってろ、と見知らぬ他人へ頭の中ですごんだ。今、私はこの子と話がしたいんだ。

しばらくして、真知子のコメントと手の画像に気づいたらしいスレッド主の女の子から返事がきた。

『やることやってきたって感じのかっこいい手ですね！　あざはスポーツかなにかですか。私はむしろ、早くこういう大人の手になりたいです』

言いたいことが、これっぽっちも伝わらない。真知子はこめかみを押さえて鈍くうめいた。でも、そういうものだったかもしれない。自分も制服のスカートをひるがえしていた頃は、大人に憧れてばかりいた。大人になったら悩むことも苦しむことも、なにかを怖がることもなくなるのだろうと思っていた。

どうやら少女は周囲の声に励まされ、次の週末のデートで恋人に手をつないで欲しいと訴えてみることにしたらしい。もしもデートが上手くいったら、改めて自分の手の画像をスレッドに投稿するという。そんな賭《か》けしなくたっていいのに、と胸が軋んだ。自分の手が美しいか、美しくないか、痛みを知らない他人に判断を預けるよりも、自分で決めた方がずっといいのに。切ないものを見送る気分でスマホの画面を消し、真知子は飲み終えたビールを片付けた。二階の自室へ向かい、布団に入る。

真夜中に、まっ青な顔をした母親に揺り起こされた。誰かにひどいことをして、謝りに行かなければならないのだと言う。

「誰？」

「ミイだよ」

「もう、いい加減にしてよ」

「でも、蹴飛ばしたのはいけなかった。あの子はあたしと一緒にいたくてやったんだ」

枕元で涙ぐむ母親は明らかに寝ぼけていて、情緒が不安定だった。一人で謝りに行くのは怖い、と言うので仕方なく起き上がり、サンダルをつっかけて一緒に庭へ向かった。

ごめんねえ、と母親はしわだらけの手でブーゲンビリアの木の根元を撫でる。花柄のパジャマの袖口が黒い土に擦《こす》れて汚れていく。

細い嗚咽《おえつ》をうっとうしく感じながら真知子は夜空を見上げた。深夜の庭はあまりに静かで、まるで自分と母親だけが広々とした空虚な場所に取り残された気分だ。だからといって、自分が今までに誰かと熱を分かち合うほど近づき、理解し、繋《つな》がり合った瞬間が果たしてあったのかと考えると、真知子はよく分からなくなる。いつだってこんながらんとした場所にいたし、それは特別さびしいことでも、辛いことでもなかった気がする。

「体が冷えるよ」

背骨がぽこぽこと突き出た丸い背中を撫でる。母親はなにやら念仏めいたものを唱えていて反応を見せない。真知子は浅く溜め息をついた。目の前で息がうっすらと白むのを見て、もうすぐ冬だね、と呟いた。

翌週の土曜日、真知子と瀬尾は朝から道場を訪れて審査前の最後の確認を行った。苦手な技の手順を見直し、実際に何度か技をかけ合って体を温めていく。なにげなく瀬尾が正面打ちを放ち、真知子が片腕をかざしてそれを受け止めた、そのときだった。受け止めた手刀の衝撃がなめらかに体を通りすぎ、かかとから畳に抜けていくのを感じた。

あれ、と真知子は目を見開く。今、ものすごく楽だった。

「瀬尾君ちょっと待って」

「はいはい」

「も、もう一回。もう一回打って」

「はーい」

たん、と打ち下ろされた手刀を受け止める。まただ。今までは腕の力で懸命に手刀を受け止め、押し返してきた。けれど、ほとんど体の力を入れずに手をかざし、なにも考えずに手刀を受け止めたら、まったく腕にも肩にも負荷がかからず、ただ姿勢を維持しているだけで衝撃がかかとから畳へ抜けた。

考え込んでいると、瀬尾がじわじわと口角を上げた。

「あ、もしかしていい感じに……」

「なったかもしれない！　わー！　びっくりした」

「打っててもちょっと分かりました。普段はちょっと受け止める手がぐらつく感じがするんだけど、今はなんか、一本の棒に向かって打ったみたいな感じで、岩田さんの姿勢がかちっとしてんのが伝わった」

「ちょっと、もっと、強めに打ってみて」

次の手刀は今までよりもだいぶ重たかった。けれど腕や肩といった一定の部分に負荷がかかるわけではないため、問題なくそれを受け止めることが出来る。二度、三度と力を強めてもらい、それでも同じだった。この二ヶ月のペア練習で、真知子はどうやら受け身にまつわる小さなハードルを越えることが出来たらしい。

やった、と快哉《かいさい》を叫んで瀬尾と両手を合わせる。

「瀬尾君のおかげ！」

「いやいやいや、めっちゃ練習してたじゃないですか！　フツーに岩田さんが頑張ったからですよ！」

込み上げる喜びを噛みしめる間もなく、師範や指導役たちが道場に入ってきて、昇級・昇段審査が開始された。

他の会員たちの演技を一組、二組、と見守り、やがて真知子と瀬尾の名が呼ばれた。はいっ、と声をそろえて畳を叩き、師範や黒帯の指導役が見守る中、所定の位置へと駆け出す。タイミングを合わせて一礼し、半身の構えを取った。

それからは無我夢中だった。二人は指示される技をひたすらこなし、精一杯に正確な形で技をかけ、受け身を取った。真知子は緊張で岩のようになった瀬尾の体を必死で投げ飛ばし、絞め上げ、関節を押さえた。瀬尾は相変わらず芯の通った美しい受け身で起き上がる。技の合間にきらりと光る瀬尾の目にはペアに対する信頼と仲間意識がにじんでおり、真知子は恋とも愛とも違う充足感で体が痺れるのを感じた。

三十分ほどの時間をかけて、指定されたすべての技が終了した。正面に礼っ、のかけ声に合わせて審査をしてくれた師範や指導役たちに頭を下げる。待機する会員たちの列へ戻った瞬間、まるで体の要所を押さえていたネジが弾け飛ぶように、全身の緊張がどっとほどけた。あとは、結果を待つばかりだ。

審査を受けるすべてのペアの演技が終わり、三十分間の休憩が取られた。このあと、師範からの講評を受けて昇級・昇段が認められれば、来週には新しい免状が渡されることになる。基本的には免状を交付されるまで成否は分からないものの、講評で師範たちによっぽど渋い反応をされない限りは合格する、と言われている。

「少しでも褒められたら、まず大丈夫です」

そうにこやかに伝える枡岡は、顔を合わせてすぐに二人の演技を褒めた。なによりも、息が合っているところがいい、とのことだった。

「二人とも、のびのびとしていてとてもよかった。技も力強かったし、なにより、お互いの力を充分に発揮させようと受け側がよくこらえていた」

「ありがとうございます」

「瀬尾君、ずいぶん体が柔らかくなりましたね」

整列っ、と師範の入場に気づいた一人がかけ声を上げ、会員たちは一斉に列を作って正座をした。張りつめた空気の中、息を吞《の》んで言葉を待つ。

「あ、講評が始まります」

「押忍っ」

初めに演技をしたペアから順に名を呼ばれ、短く端的な指摘が行われた。力技になっている、指先が使えていない、前進動作はいい、慌てすぎ、目線が下がる、丁寧でいい。褒められるペアもいれば、厳しい意見を受けるペアもいる。やがて、真知子と瀬尾が呼ばれた。押忍っ、と上ずった声を重ねて二人同時に立ち上がる。師範は手元のメモを見ながら低くなめらかな声で連ねた。

「岩田真知子。えー、投げたあとの姿勢が弱い。もっとぐーっと膝を深く入れてしっかり投げるように。あと回転動作の途中で重心がふらつく癖がある。ただ、指先まで意識が向いているのはいい。弱かった受け身もだいぶよくなったな」

「押忍っ！」

「次、瀬尾凜太郎《りんたろう》。技をかけるときに体の正面からまだ腕が外れる。特に入り身投げ、すっぽ抜けとったぞ。それでもだいぶ力任せなところがなくなったな。あとは技をかけるときに手元を見る癖を直しなさい」

「押忍っ！」

二人とも褒められた。じくりと肌が喜びで温まる。正座に戻ってから目線を交わすと、瀬尾は赤らんだ頬をゆるめてにっこりと笑った。

二ヶ月間の審査稽古がこうして終わった。師範たちが退場したあと、会員たちはわっと沸《わ》き返《かえ》った。喜ぶ者、悔しがる者、それぞれに大変だった審査稽古を振り返る。さっそく講評で指摘された箇所を復習し始める会員もいる。

手、すみませんでした、と審査が終わって真っ先に瀬尾は言った。

「初めの頃、ほんとに俺、力技で。ぜんぜん知らないうちに、あざつけちゃってました」

「い、いいんだよ！　武道の稽古なんだから、あざなんか当たり前だよ。むしろこれを気にして変な手加減とかしないでくれて、嬉しかったよ」

謝らないで欲しい。とっさに首を振ると、瀬尾はしっかりと頷いた。

「そう、思ったから、審査が終わってから言おうって決めてました。……武道の稽古でも、人に怪我をさせたら謝るのは、当たり前です。すいませんでした。あと、二ヶ月間ありがとうございました」

「こちらこそ。またなにかでペアになったらよろしくね」

人なつこい笑みを向け、瀬尾は審査が終わった解放感ではしゃぐ学生たちの集団に戻っていった。不思議な時間だった、と真知子は黄色味が最後まで消えなかった自分の手の甲を見下ろす。性別も年齢もかけ離れた相手と、ほんの短いあいだだったけれどなにかが繋がり、またゆるやかにほどけた。

「岩田さん」

呼ぶ声に振り返ると、枡岡が涼しげな顔で立っていた。道場の、比較的畳が混み合っていない箇所へ真知子を招く。

「ちょっと、投げてみましょうか」

「え？」

「前に岩田さんが言っていた、性差で力加減を変えて欲しくないっていうの、考えてたんですよ。まあ、まだ受け身に慣れない人は男性だろうと女性だろうと、思い切り投げたら危ないんですが……さっきの演技を見ていて、今の岩田さんなら思い切り投げても大丈夫そうだな、と感じました」

降って湧いた提案に、真知子はまばたきを繰り返した。この人は本当に律儀《りちぎ》で真面目《まじめ》だな、仙人だな、と改めて思う。けれど、すぐに審査前に瀬尾とつかみとった受け身の楽しさがゆるりと背筋を這い上がった。やってみたい。期待でふっと体温が上がる。

「お願いします」

「はい。じゃあ正面打ちで」

「はい！」

気合いを込めて打ち込んだ手刀は簡単に受け流された。つんのめる体を誘導され、あっさりと肩の関節を極められる。硬直した上半身に、まるで車で跳ね飛ばされたような重い衝撃がかかった。目の眩《くら》む速度で畳が近づき、ただ無我夢中で片手をつく。

スパァンッ！　と小気味よい音が鳴り、気がつけば畳へ仰向《あおむ》けになっていた。てのひらが痺れている。どうやらちゃんと受け身は取れたらしい。ど、と遅れて心臓が拍動を強め、血の巡りと一緒におかしさと楽しさを体中へ広げた。今、ものすごく鮮やかで美しいものが、体を通り抜けた。

「あ、ありがとうございます」

「大丈夫ですか？」

「もう、ばっちり。むしろ、ちょっとぐらい腰とか打っても、こんなすごい技の受け身を取れるようになりたいです」

「岩田さん、少し変わってますよねえ」

にこにこと笑いながら枡岡は言う。真知子は畳に手をつき、力を込めて立ち上がった。

「よく言われます」

「あなたと組んで稽古をするのは、楽しそうです」

それは最高の褒め言葉に聞こえた。今度ぜひ、お願いします、と笑いかける。

「仙人なんてあだ名が付く枡岡さんにそう言ってもらえると、うれしいです」

「その妙なあだ名、なんとかなりませんかねえ」

枡岡は少し困った様子で苦笑した。

「僕にだって欲ぐらいあるんですよ」

「ええ？」

「つい、格好つけたくなってしまいます」

なんでも枡岡は、真知子があまりに自由技の男性陣を手放しで褒めるものだから、先日はついムキになってその輪に参加してしまったらしい。仙人なのに、と真知子は笑い、仙人じゃないですよ、と枡岡は渋い顔で首を振る。

その日は合格祝いと称して枡岡から夕飯に誘われた。駅へ向かう道の途中にある定食屋に入り、真知子はチキン南蛮定食、枡岡はほっけの塩焼き定食をつつきながらグラスビールで乾杯した。枡岡はあまり酒に強くないようだ。いかにも堅物《かたぶつ》そうな一重《ひとえ》の目尻が、ビール一杯で桜色に染まり、思いがけず香るような魅力を放った。今度は自分から誘ってみよう、面白そうだからもう少し強い酒を飲ませてみよう、と真知子は心地よくビールをあおる。幸せな夜だ。欲しいものがきちんと手に入り、体のすみずみまで満ち足りている。駅のホームで枡岡と別れ、車窓に顔を映して帰路につく。

欲しいもの、これさえあればいい、他の人が持っているものはあったら嬉しいけど、なくてもまあいい、というものが分かったから、幸せになれたのかもしれない。汗ですべての化粧が剝《は》げ、髪はくしゃくしゃで、疲れた中年にしか見えない自分の顔が夜の街に浮かび上がっている。けれど、なにも感じなかった。ただ楽しかった一日の余韻が骨を温めている。

せっかく若いのに、悩む時間がもったいない。そう少女に投げつけた自分の言葉は、もしかしたらいくぶん大雑把なものだったのかもしれない。悩む時間は必要だったし、悩んでいるあいだはとても苦しかった。あの子はその苦しさの渦中にいるのだろう。そういえば、あの少女の恋はどうなったのか。今日がデートの当日だったはずだ。家に帰ったら、寝る前にスレッドを覗いてみようか。

深夜に自宅へ帰りつき、台所で酔い覚ましの麦茶を飲んでいると、寝室からパジャマ姿の母親が出てきた。また辛い夢でも見たのか、青ざめた顔をしている。

「鳴き声がするんだ」

「またあー？」

「ミイや、ミイ」

うろうろと青暗い室内を動き回る、腰の曲がった母の背中を見つめる。勝手に転職を決めたときも、婚約を解消したときも、五十を過ぎていきなり合気道を始めると言いだしたときも、なんなの、あんたはやっぱり変な子だね、お母さんよく分かんないよ、勝手にしなさい、と呆れながら放り出した。思えばこの人は、自分が思う正しさを、理解の出来ない変わり者の娘に一度も押しつけようとしなかった。

「お母さん」

「ん？」

「私を変な子のままでいさせてくれて、ありがとう」

母は怪訝《けげん》な様子で、なに言ってるんだい、と首を傾げた。やっぱりあんたはよく分からないよ。いつも通りの返答に、苦いような甘いような笑いが込み上げ、真知子は口元を歪めた。

「ほら、鳴き声がしないかい？　きっとお腹《なか》を空かせているんだ、かわいそうに」

「どうだろう」

澄み切った夜の静寂へ耳を傾ける。真知子に猫の声は聞こえない。

「じゃあささみでも茹《ゆ》でて、お供えしよう。そうしたらミイも満腹だよ」

「そうかねえ、そうかもねえ」

頷く母親の背中をさすり、真知子は水を張った鍋を火にかけた。

マリアを愛する

波打ち際は、海水をたっぷりと含んだ砂が絹のような光沢《こうたく》を放っていた。空一面に広がる薄い雲が太陽の光を拡散させ、陸と海の両方を鈍《にぶ》い銀色に染めている。

空の明るさと、浜辺を歩く若い女が着た白い薄手のニットを見る限り、季節は九月くらいだろう。手足がすらりと伸びた女は茶色く染めた髪を肩に触れる長さで切りそろえ、手に持ったスニーカーを揺らしながら裸足《はだし》で波を踏み散らしていた。さも冷たげに、けれどずいぶん楽しそうに跳《は》ね回っては、ひと気のない砂浜に小さな足跡をつけていく。丸い水滴がキャメルのフレアスカートから伸びたふくらはぎや、引き締《し》まった足首をなめらかに伝い落ちる。

マリア、と一つ呟《つぶや》いて、香葉子《かよこ》はスマホの側面をなぞり、指の腹に触れたボタンを押して音量を上げた。耳を濡《ぬ》らす潮騒《しおさい》が大きくなり、けれどそれ以外の音はなにも聞こえない。

青白く発光するディスプレイのなかでは砂浜で遊ぶマリアがこちらへ手を伸ばし、画面の外から骨っぽい男の手を引き出している。口を動かしながら指を絡め、親指の腹で男のてのひらを深めに撫《な》でて、離す。男の顔は見えず、あくまで映像はマリアを追っている。けれど香葉子はきれいな楕円《だえん》に整えられた爪の形で、それが基裕《もとひろ》の手だとわかってしまう。

潮風に乱れる髪もそのままに、海へ向き直ったマリアは足を引き、勢いよく水面を蹴とばした。しぶきが大きな弧を描き、いくらか水滴を浴びたらしいカメラが慌てた素振りで揺れる。マリアは目を丸くして、まるで小さなクラッカーが弾《はじ》けたみたいな明るい笑顔を見せた。きっと笑い声を上げているのだろう、肩が小刻みに揺れている。

日が傾《かたむ》いてなお、マリアの散歩は続いた。水道で砂を流した足をスニーカーに差し込み、ニットを潮風にはためかせながら海岸沿いの歩道を進む。カメラは彼女の背中と横顔を追い、ときどきじゃれかかってくる指先を優しくいなした。

まるで死に瀕《ひん》した人間が回想する、人生で一番美しかった瞬間のような、妙な悲しさすら感じる完璧な幸せがここにあった。ディスプレイ越しに微笑《ほほえ》むマリアは美しく健気《けなげ》で、少し馬鹿に見えるぐらい無防備だった。親を慕《した》う子供の一途《いちず》さでカメラの主を愛し、それにかけらも疑いを持っていないように見える。

音声がなく、いい具合にマリアのパーソナリティが隠されているせいだろうか。それとも、マリアの演技がとびきりうまいのか。ぼうっと突っ立っていたり、時には無表情を覗《のぞ》かせたりと、動作にも表情にも作り物じみた部分が見えない。彼女の姿を観ていると、たびたびカメラの存在を忘れ、自分も同じ海岸を歩いている気分になった。同性であるとか異性であるとかを超えて、マリアに恋をしそうになる。

こんな親しさで誰かと一緒にいたことなんてない、と香葉子は思う。二人はどんな会話を交わし、どんな心を抱えてこの撮影に臨《のぞ》んだのだろう。

暗くなるにつれて、海へとせり出した遠くの町が徐々に輝きを強めていった。黒い海へ宝石をざらりと流したような一帯を見つめ、マリアはカメラを振り向いた。日が落ちる。夜が始まる。絶え間なく流れていた潮騒が止《や》んだ。ゆっくりと微笑む、マリアの口元のアップ。

「またこようね」

そこで映像が終わった。

短いクレジットが画面を流れる。主演、斎藤鞠愛。撮影・演出・監督、梶基裕。『まぼろし』と名づけられたこの短編映画は、去年の暮れに映像制作会社が企画したコンテストで佳作に入賞し、お昼の情報番組で紹介されたのをきっかけにマリアと基裕の名前を大学中に知らしめた。放送研究会所属の、容姿と才能に恵まれた奇跡のカップル。校内にはマリアの熱狂的なファンクラブができた。祝福と羨望の嵐の中、誰もが二人の輝かしい将来を信じて疑わなかった。

春の終わりに、マリアが交通事故で亡くなるまでは。

鍵が回る音に続いて玄関の扉が開き、室内の空気が大きくたわんだ。バイトから基裕が戻ったのだろう。おかえり、と声を投げつつ映画を観ていたスマホの画面を消す。すると背後からダウンジャケットに包まれた腕が伸びてきて、香葉子の頰《ほお》をつまんだ。ただいま、もうめちゃくちゃ寒い、手袋忘れて指もげそう。笑いながら触れてくる基裕の指は、夜風の温度が染みて氷のように冷たい。


「とりあえず、カヨはあの映画を観るのやめた方がいいよ」

苦々しく言って温玉明太子うどんを口へ運ぶ亜季《あき》が丼の隣に置いたスマホには、ゴマ粒ほどのビーズで作ったスニーカーのチャームが付けられている。『まぼろし』の冒頭で、マリアが持っていたスニーカーに引っかけたものだ。そもそも、うちの大学の人がめちゃくちゃきれいな映画を作ったんだよ、と作品を香葉子に教えたのは亜季だった。

「でもこう、よく考えて、覚悟しなきゃならないし」

「なんの覚悟」

「あの女神様を心の中に生かしていく男と、付き合っていく覚悟。……忘れられるわけないよ、あんなきれいな人」

　日射しに肌を明るく染めたマリアが、こちらへ指を伸ばしてくる。その指を柔らかく握り、留め、またそっと画面の中央へ戻す男の指が頭をちらつく。香葉子は玉ねぎばかりのかき揚げを嚙《か》み切《き》り、油の浮いたつゆをすすった。

「うーん。夢の女だしね」

「夢の女？」

「うん、私もそうだけど、マリアのファンはよくそう言うの。ほら、あの映画ってほとんどセリフがないでしょ。だから、いくらでも自分好みの想像ができちゃう、夢の女」

「夢の女」

　確かに夢の女だ、とおかしくなる。斎藤マリア。ロシア語学科の二年生で、校内の二つの学食のうち、人気のない古い方をよく使っていたらしい。同じ大学とはいえ、学科にもサークルにも接点のない自分のような学生がマリアについてわかるのはこれぐらいだ。あの映画の、神がかって愛らしい印象ばかりが鮮明で、人間としての彼女のイメージはなかなか湧《わ》かない。

　うどんを食べ終えた亜季は最後にセルフサービスのほうじ茶を飲み、眉《まゆ》をひそめて首を左右に振った。

「死んだ人と張り合うなんて馬鹿馬鹿しいよ。生きている相手なら時間が経《た》って幻滅したり、夢が覚めたりする瞬間もあるだろうけど、死んでるんだもん。変に意識したり、梶くんにどっちの方が好きか問い詰めたり、絶対しない方がいいって」

「わかってるよ。わかってるけど」

美しい容姿、無邪気なふるまい、深い信頼に基づいた馬鹿みたいに無防備な笑顔。これからの未来で、けっして幻滅されない夢の女。

「ずるいよ。最強の元カノじゃない」

溜《た》め息《いき》交じりの香葉子の言葉に、亜季は薄い苦笑を見せ、もう一度ゆっくりと首を振った。

「事故のニュースを知って、なおさら入れ込んじゃった私が言えた筋合いじゃないけどさあ。たくさんのファンが夢みる女や、最強の元カノになるよりも、マリアは死にたくなかったと思うよ」

それはその通りだろう。けれど今、私は生者の世界で、恋敵としてマリアに勝つ術《すべ》がまるでない。思えば思うほど苦しくなり、香葉子はきらりと光るスニーカーのチャームを睨《にら》みつけた。

ダビングされたDVDをさほどの期待もなくプレイヤーへ押し込み、香葉子が『まぼろし』を初めて観た日。冒頭の、スニーカーを手に波打ち際を歩くマリアの背中を見てまず浮かんだ感想は、恋愛ソングのPVみたいだな、だった。女の子が砂浜を歩いている、そんなよくある舞台装置が安易な連想をさせたのだろう。

けれど淡々と進むマリアの散歩を追い続けるうちに、香葉子の頭にはまったく違うイメージが流れ始めた。中学生の頃だっただろうか。母親に、初めて自分が好きな音楽を褒《ほ》めてもらったときのことだ。

確かCMソングかなにかで気に入った洋楽のアルバムで、いつもなら「子供っぽい、うるさくてがちゃがちゃしてる」と香葉子の選ぶ曲を軒並み馬鹿にする母親が、その日は珍しく、母さんけっこう好きだわ、と笑顔を見せた。嬉《うれ》しくなって、香葉子は自室のコンポからCDを取りだし、居間に持参してアルバムの冒頭からかけ直した。

もともとあまり性格の合う親子ではなかった。母親には自分の好みに沿わないものを強く拒むところがあったし、香葉子は香葉子で母親の一挙一動に反応しすぎていた。だから、こんな風に安らかな気持ちで、母親と一緒に好きなものを味わうのはとても珍しいことだった。

窓から差し込む光の白さや使い込まれた家具の色合い、アルバムの歌詞カードをいつ母親に渡そうか、どきどきしながらタイミングをはかっていたこと。『まぼろし』の砂浜を進んでいくうちに、あの特別で忘れられない居間の景色が香葉子の頭にあふれて止まらなくなった。マリアが振り向く。少し距離が開いて、だけどまた自然に近づく。なんにも身構えなくていい場所で、誰かと一緒に過ごしている。胸を締めつけるなつかしさに、映像の終わりには涙が一粒ぽつりと落ちた。

久しぶりに泣いたな、と思いながらエンドクレジットに目を向ける。梶基裕、という字面《じづら》に記憶の糸がつま弾かれ、十秒たって香葉子はそれが高校の途中で転校した友人の名前であることに気づいた。

スマホを手に取り、ガラケー時代からデータを移し続けているアドレス帳をめくる。梶くん、と表記されたアドレスはすぐに見つかった。まだ使われているかも分からない古いアドレスに、久しぶり、元気だった？　映画を観たよ、たまんない気分になった、同じ大学だって知らなかった、と興奮に任せて熱っぽいメールを送りつける。

なつかしいな、とテンションの高いメールがすぐに返り、それが二人の縁の始まりになった。思い出話で盛り上がるメールは深夜まで途切れず、翌日には学食で落ち合って一緒に昼食をとった。基裕が映画に出ている女の子と恋仲であるという噂《うわさ》は早くから耳に入っていたため、交流を続ける間、香葉子はあくまで友人という一線を崩さず、基裕もかつてのクラスメイトへ向ける温かで乾いた親しみ以上のものは見せなかった。

関係性が変わったのは、マリアの死がきっかけだ。食事もうまくとれないほど落ち込んでいる基裕が気になって、たびたび彼を外に連れ出し、昼食をおごり、部屋に帰りたくないという希望に沿って、出来たての青い葉を茂らせた葉桜の下を足が痺《しび》れるまで歩き続けた。春が終わり、夏が過ぎる頃には、休日を二人で一緒に過ごすのが当たり前になっていた。

生きていた頃にはなにも思わなかったのに、彼女が亡くなり、基裕との関係が深まってから、マリアの名前は香葉子にとって重い鎖《くさり》のように意識に絡みついてほどけないものになった。基裕との再会にも、恋の始まりにも、マリアが深く関わっている。マリア、マリア、マリア。ディスプレイで微笑む夢の女。基裕はあの砂浜で、女神の指に触れていたのだ。なんて取り返しのつかないことだろう。

「新しい仕事？」

その日は久しぶりのイタリアンだというのに、基裕はどこかうわの空だった。理由を詳しく聞いてみると、どうやら『まぼろし』を観た芸能事務所のプロデューサーから、新人アイドルのＰＶを作って欲しいという依頼が入り、引き受けるかどうか迷っているのだという。デザートのクランベリーのジェラートが溶けていくのも忘れて、香葉子は思わず身を乗り出した。

「なにそれすごい！　いい話じゃない」

「でも、難しいんだ。あれと同じクオリティのものが必ずできるかっていうと微妙だし」

「よくわかんないけど、そういうものなの？」

「うーん」

鈍いうめき声を上げ、基裕はエスプレッソに口をつけた。苦み走った顔で天井を見上げ、斎藤は特別だったんだ、と呟く。

特別、という言葉は極北のつららや真夏の雷より深く、鋭く、香葉子の胸を刺し抜いた。それから夜が更けるまで、香葉子はろくに内容を汲《く》み取れないまま、ああ、うん、そうなんだ、と基裕の言葉に曖昧《あいまい》な相づちを打ち続けた。


真夜中、眠れずに二人分の体温が籠《こ》もったベッドを抜け出す。香葉子は充電完了を示す緑のランプが点灯するスマホを充電器から抜き取った。ゆるやかな寝息を立てる基裕は冬眠中のリスのように背中を丸め、頭までかけ布団に埋もれている。

ローテーブルのそばの座椅子に座って暗い天井を見上げ、なにもすることが浮かばずに習慣じみた動作でスマホのディスプレイを点《とも》した。インターネットに接続し、真っ白な検索ボックスをぼんやりと眺める。やがて、勝手に指が動き出した。

　元カノ　勝てない
　むなしいな、と思っても検索開始のボタンを押す指がとまらない。画面が切りかわった次の瞬間、山のような恋愛論と恋愛相談のページが上から下までずらりと表示された。砂を噛む気分で一つ一つのページを開いていく。

　勝とうと思ってはいけない、勝っている、そもそも勝ち負けではない。気迫のこもった無数の書き込みが挑み、組み合い、なんとか屈服させようとしているのは、彼のもとを去った恋人は実物以上に魅力的なイメージで彼の心に残り続ける、という非情な現象だった。元カノそのものが恋敵なのではなく、過去の彼女をもとに彼の中で作り出された、夢の彼女とでもいうべきものが人の心を奪うらしい。

　また夢の女か、とささくれた気分で、次々とキーワードを入力する。元カノ　美人。元カノ　忘れて欲しい。元カノ　死別。元カノ　夢の女。いやな単語を打てば打つほど脳に奇妙な昂揚《こうよう》が広がり、痛みやむなしさが遠のいた。

　表示される検索結果はことごとく元カノという存在の大きさを突きつけ、香葉子の心を深々と切り裂いた。どれだけ現状に望みがないか、どうせなら奥の奥まで暴《あば》いてやると捨て鉢な気分で検索を続ける。元カノ　本命。元カノ　今でも好き。ふと、髪の先を光に染めたマリアが、こちらへ指を伸ばしてくる映像が頭をよぎった。

元カノ　手をつないだ記憶

検索ボタンを押す。すると、恋愛相談の掲示板が検索結果の一番上部に表示された。元カノと手をつないだ記憶そのものに関するスレッドは見つからず、代わりに類似《るいじ》のスレッドがいくつか紹介されている。元カノは手をつないでくれた。元カノが急に現れた。元カノとメールをしていた。元カノとやり直したい。

初めに「手」という単語を打ち込んだせいだろう。元カノ話に交ざってちらほらと、手に関するスレッドも見られる。自分の手が嫌い、爪の形を変える方法、好きな人と手をつなぎたい。

『手が大好きなので、いま起きてる人の手の画像をください！』という変なタイトルを見つけたのはそのときだった。手が好きという意味がよくわからず、香葉子はなんとなくスレッドを開く。

驚いたことに、そこには様々な角度で撮られた、たくさんの手の写真がアップロードされていた。スレッドを立てたのは十代の女の子で、人の手にフェティシズムを感じるからぜひ見せて欲しいのだという。ライトなエロスレかと白けた気分になるも、スクロールしてもスクロールしても現れる無数の手の画像は、目を離すことができない生々しい迫力を持っていた。

色も材質も様々な天井とカーテン、光を放つパソコンの角と、飲み物の入ったマグカップ。山のように集まった手の背後には、それと同じ数だけ生活の断片が映り込んでいた。中には薬指に結婚指輪が光る手や、甲にトライバルのタトゥーが彫り込まれた手、手首のくびれに小鳥をとまらせた手なんてものもある。どれもこれも、明日も明後日《あさって》もそれぞれの環境で寝起きし、食事をとり、誰かの背中を撫でたり、叩いたり、電車のつり革を握ったり、働いたりする生きた手だ。ネットの向こう側に生きた人間がいることを頭では理解していても、こんな風に実感したことがなかった。

変なエロスレだと思っていたけどすごいものだ、と素直に感心し、スレッド下部の書き込み欄をタップした。初めは男性の手の写真ばかりだったけれど、スレッド主の女の子が「女性の手も形がきれいで好き」と書いたのをきっかけに、女性の手の写真もちらほらと紛《まぎ》れ込んでいた。

幸いマリアへの対抗心から先日がっつりとネイルアートをしたばかりなので、手の状態には自信がある。暗い寝室から台所へ移動し、照明をつけ、香葉子は爪《つめ》が美しく見える角度を探して意気揚々と写真を撮った。ピンクパールの下地にシルバーで薄くハートを描いたネイルは、スレッドの中でもずいぶん目立って気分が良かった。

それにしても、このスレッドはよく栄えて伸びている。更新するたびに新しい手の写真が追加されるのだから大したものだ。スレ主の女の子がずいぶん気の利く性格で、アップされる写真の一つ一つへ丁寧にコメントを返しているからかもしれない。ただの社交辞令だろうが、爪がきれいだの触ったら温かそうだの優しそうだの、よくもまあ器用に褒める点を見つけるものだ。半ば呆《あき》れながらスレッドを眺めていると、香葉子の手の写真にもスレ主からコメントが寄せられた。

「うわ、きれいな手！　ささくれとか全然ないし、ネイルもシンプルなのにかわいくて女子力高い！　素敵すぎる」

こんなに無邪気に人を褒める女の子には会ったことがない。飾りのないストレートな褒め言葉に口の端っこがむずがゆくなり、それと同時にかすかな違和感が湧いた。

スレ主は、他の人の手も男女問わず褒めて、褒めて、褒めまくっている。とてもいい子だ。普通の友人関係ならありえないくらい、他人に気持ちよさを与え続けている。手の写真をもらったお礼に褒めているといえばそれきりだが、フェティシズムを満足させるほど美しい手なんて、そうそうあるとは思えない。大概はただの、美しくも汚くもない普通の手だ。それでもスレ主は褒める。サービスをし続ける。労力と成果の帳尻《ちょうじり》が合っていないのは気のせいか。

スレッドには「スレ主いい子」「ぜったい性格いい」「顔もかわいいだろ、ってかこんだけコミュ力高いならブサイクでも許す」などといった好意的な反応があふれていた。会話が進むにつれて、スレ主が肌荒れのせいで恋人に手をつないでもらえないかわいそうな子だという新事実まで発覚し、スレ主の恋を応援するコメントがものすごい勢いで画面を埋めつくした。ユーザーの声援に後押しされ、スレ主は次のデートで勇気を出して手をつないでもらう、うまくいったらここにいるみんなに報告する、と宣言した。一体なんだろう、このドラマのような流れは。

まるでアイドルだな、と思った瞬間、この子も夢の女なのだと気づいた。ディスプレイ越しにものすごく可憐《かれん》な姿でイメージされた、いたいけでかわいそうな、けっして幻滅されないずるい女。褒めて、優しくして、夢を振りまいて、周囲の人々をからめとる。

ああ、こういうのがいると本当に迷惑だ。熱した油のような興奮が体を駆け巡り、香葉子は再び書き込み欄をタップした。ほとんど迷わずに文章を書き上げ、投稿ボタンを押す。

「なんか、優しくて健気な私って感じのキャラを作りすぎてて気持ち悪い。ぶりっ子うざいわ」

投稿から一分待って更新すると、スレ主への違和感に賛同してくれる声など一つもなく、香葉子の書き込みには嵐のような非難が寄せられていた。こいつこそブサイク。妬《ねた》んでるだけ。文面に心の醜さが出てるね。読むのがイヤになってスマホの画面を消し、暗い天井を見上げる。

なにをやっているんだろう。私の敵は、マリアだったはずだ。基でも、マリアのなにがイヤなのか、香葉子はだんだんよくわからなくなってきた。基裕の恋人だったからか。それとも夢の女だからか。夢の女が、これほど見過ごせない存在なのはなぜだ。

疲れた目頭を軽く揉《も》み込《こ》み、香葉子はスマホをタップして放送研究会のホームページからダウンロード購入した『まぼろし』のデータを引っ張り出した。銀色の砂浜を目の前に広げる。最近では、一日に一回は必ずこの映像を見ている気がする。おそらく自分は日本で一番『まぼろし』を観ている人間なのではないだろうか。

とろけるほど美しいマリアの姿を確認しながら浮かんだのは、先ほどの掲示板で感じたのと同じ、「迷惑」という単語だった。そんな男にとって都合のいい女にうろうろされたら、私のような正当な、毎日を懸命に生きている現実の女はたまったものじゃない。誰もが抱えている不安や醜《みにく》さ、苦闘が免除されている子はずるい。大っきらいだ。

「マリアのばか」

呟きが夜の闇に消えるよりも先に、気の抜けた独り言みたいな声がすぐそばから返った。

「そう言わないでよ。ひどいなあ」

気がつけば、肩が触れるほど近い位置に若い女が座っていた。立てた膝《ひざ》に頬杖《ほおづえ》をついた楽な格好で、香葉子のスマホの画面を覗き込んでいる。栗色のセミロングの髪から貝殻みたいに白い耳を覗かせ、不満げに唇を突き出したその横顔には覚えがあった。今まさに、スマホの小さなディスプレイの中で輝きながら夜の海岸を歩いていた。

マリアだ。あの美しいマリアがそこにいた。

たっぷり十秒ほど間を空けて、あ、と香葉子の唇から声が漏れた。

まるで自分の部屋にいるみたいにくつろいだ様子を見せていたマリアは、その声に反応して勢いよく香葉子を見た。呆然《ぼうぜん》とした二つの目線が絡み合い、マリアの顔に驚きが広がる。まるで誰もいないことを確認するように慌てて背後を振り返り、もう一度香葉子を見た。

「見えるの？　ほんとに？」

ああもう私は寝ているんだな、と香葉子は思った。疲れも溜まっているみたいだし、こんな夢まで見るなんて『まぼろし』を観るのも大概にしよう。香葉子はスマホを消して立ち上がり、基裕が眠る狭いベッドへ戻ると布団を被《かぶ》って目を閉じた。

せっかく眠ろうと呼吸を整えていたのに、夢の女はあろうことかどすどすと足音を立てて追いかけてきた。

「ちょっと、無視しないでよ。見えたんでしょう。ねえ、頼みがあるの。起きて、ほら、なにもしないから！」

映画で想像していたより、ずいぶん雑でかわいげのないしゃべり方だ。いやこれは、マリアが実はそれほど純真でも健気でもなく、その辺にいる大したことのない女の子だったらいいなあという自分の願望の表れだろうか。くだらない。息を吐き、香葉子は肩まで布団を引き上げる。

ひたいにパンッと薄い衝撃が走った。

「いたっ」

思わず目を開けると、本棚にしまってあったはずの文庫本が枕元に転がっている。どうしてこんなところに、むしろ、どこから落ちてきたのだろう。

「起きて、お願い！　こうなったらしつこいよ、私。何冊でも降らせるからね」

「なんなの一体……」

なにもしないって言ったじゃん、とぼやきつつ、香葉子は痛みの残るひたいを押さえて上半身を起こす。ベッド脇《わき》でえらそうにふんぞり返っているマリアへ振り向き、見るんじゃなかったと後悔した。

彼女の体は、左肩からお腹にかけてごっそりと骨肉がえぐり取られ、立っているバランスが取りにくそうに感じるほど大きな穴が空いていた。

さぁっと視界の色が薄れていき、今度こそ香葉子の意識は途切れた。


「たぶんだけど車に押《お》し潰《つぶ》された瞬間、あ、ちぎれたって思っちゃったんだよね。だからないんだと思う」

そんな恐ろしいことを飄々《ひょうひょう》と語る幽霊は、翌日になってもまだ基裕の部屋にいた。

基裕はいつも通りに早起きして、一限の講義に出たらしい。

マリアと二人きりの部屋に目覚めた香葉子は、ベッドから起き上がった姿勢のまま頭を抱え、しばらく動かなかった。

「なにそれ……モトは知ってるの？」

「知ってるってなにを？」

「あなたがここにいることを」

「あ、もうぜんぜんダメ。梶くんにも百回くらい話しかけたんだけどまったく聞こえてないし、私のことも見えないみたい。困っちゃう」

一本だけ残った腕をひらひらと揺らし、軽い調子で笑い飛ばすマリアを見ながら、香葉子は複雑な気分になる。そして、映像で想像していたよりも背が高いな、と関係のないことを思った。女子の平均身長にほど近い自分より、ゆうに十センチは高そうだ。

「じゃあ、そんな気づいてもくれない薄情な男に取り憑《つ》いたって、いいことないよ。辛《つら》いのはわかるけどさ、あきらめて成仏しなよ」

「私が梶くんに取り憑く？　なんで」

心底驚いた顔をされて、香葉子の方が言葉に詰まった。

「なんでって、寂しくて別れがたいとか、あの世への道連れとか、そういうことじゃないの？」

「ええ？　私そんなに執念深くないよ。道連れとかいらないし」

マリアはベッドのそばのカーペットにあぐらを掻《か》いた。あぐら、と香葉子はまた幽霊の無造作な仕草に驚く。そういえば服装も、ストライプの襟《えり》付《つ》きシャツにインディゴのスリムジーンズを合わせていて、映像よりもずいぶんボーイッシュだ。ぽんぽんと小気味よく打ち返される言葉を反芻《はんすう》し、香葉子は首を傾《かし》げる。

「……モトを連れて行くために出てきたんじゃないの？」

そこで初めて、明るい幽霊は眉をひそめ、表情に陰《かげ》りと苦みを混ぜた。

「ああ、そういうのがいやで出てきたの。……ねえ、お願いがあるんだ。かんたんなこと。私の代わりにある人に手紙を書いて、届けて欲しいの」

言い終えたマリアは、神妙な顔でぺこりと頭を下げた。


きっかけは、同じ放送研究会に所属していた基裕がマリアに、斎藤は人を見るときの表情が独特な気がする、と声をかけたことだったらしい。マリア自身にそんな自覚はなく、基裕にもここがこうだ、という具体的な指摘はできないまま、撮ればなにかがわかるかもしれないと二人はカメラを回し始めた。

「あまり演技はいらないから、とにかく自然にしててっていうのが梶くんのオーダーだった。それだけの指示でちゃんと作品にしちゃうんだからすごいよねえ。私はアナウンサー志望で放送研究会に入ったから、映画の撮り方にも詳しくないし、ぜんぶ梶くんにお任せして、頼まれた日に頼まれた場所をふらふら歩き回ってただけ」

「じゃあ、あなたたちは付き合ってなかったの？」

「うん、ただのカメラマンと被写体。一緒にいても全然そんな雰囲気にならなかった。『まぼろし』が完成した頃からサークル内で噂になってるのは知ってたし、初めのうちは否定してたよ。ただ、ほら、梶くんの作品ってプライベートフィルムっぽいところがあるでしょ。きっぱり否定しちゃうより、もしかして恋人なのかなって思われるぐらいの方が作品に魔法がかかっていいかって、だんだん否定も肯定もしないようにしていったの。もしどちらかに恋人ができたら、え、前から付き合ってませんよ？　的なノリでしれっとバラそうって」

　ははは、と明るい声を上げ、マリアは頰をゆるませる。

デパートの雑貨売り場には、四季の草花や小鳥など美しいイラストが描かれたレターセットが山のように陳列されていた。思い出話の合間に、マリアは目についた品を指さして「裏も見てみたい」と香葉子を動かす。黙々と言われた通りに商品を取ってひっくり返しながら、香葉子は少し呆れた心地で口を開いた。

「なにが魔法よ、馬鹿みたい。ただの嘘《うそ》でしょ。そういう、作品に実力以外の付加価値を付けようとするのってすごくかっこ悪いと思う」

「おっしゃる通りで。――でも、私たちは本当に、一度も、自分たちが付き合ってるなんて言ったことなかったんだよ。だから嘘はついてない。ただ、観ている人が想像するのを止めなかっただけ。……なんだろう、夢でも育ててたのかな」

長い迷いのあと、これがいい、とマリアは一際鮮やかで繊細な花が描かれたレターセットを指さした。レターセットの裏面の値札シールを確認し、香葉子はそれをレジへ持って行く。八百円でこの厄介な幽霊を追い払えるなら安いものだと思う。会計を済ませて商品を掲げてみせると、マリアはわーい！と歓声を上げて喜びを露《あら》わにした。

肩に取り憑いたマリアの鼻歌を聞きつつ帰路につく。香葉子を含め、町行く人はみなコートやマフラーで厚着をしているのにマリアは寒々しい春着のままだ。すれ違う人は、誰一人として彼女の存在に気づかない。

道の途中で鼻歌を止め、マリアはぽつりと呟いた。

「でも、新島《にいじま》さんの言う通り、魔法なんて馬鹿みたいだった。二度と自力で解けなくなるなら、そんなものかけなければよかった」

かける言葉が見つからず、香葉子は足を止める。背後にしがみついたマリアの顔は見えない。そのままぼんやりと灰色に暮れていく冬空を眺めていたら、マリアは沈黙を取り繕うように、心もち笑いを混ぜた声で続けた。

「わ、私ね、好きな人がいたんだ。憧ればっかりふくらんで、なんにもできなかったし、しょうがないって自分なりに納得してた。死んだあとにも、梶くんとか友達とか、その人とか、知ってる人の周りをふわふわして、気が済んだらもう行こうって思ってたんだけど。——その人がね、半年前、私が死んで話題になったときにあの映画を観たの。それでお友達に、うちの大学の悲劇のカップルが作った映画観たよ、やばいよ泣いた、なんてメールしてんの。もう、死んでるのに、悔しくて頭おかしくなりそうだった！　あんな誤解をされるくらいなら、勇気を出して大好きですって言えばよかった！」

「……斎藤さん、やっぱり馬鹿でしょ。死ぬときだって苦しかったのに、死んだあとにまで、なに苦しんでるの」

「ねえ、やんなっちゃう」

「しかも、半年前とか」

「半年かかったの。私のことを見つけてくれる人に、出会うまで」

「わかんない、なんで私だったの。あなたのこと大嫌いだったのに」

マリアは口をつぐんだ。体に回された幽霊の片腕がまるで考えをまとめるように指を握ったり開いたりするのをしばらく眺め、香葉子は顔をしかめた。もう一度、言葉を選んで言い直す。

「夢の女とか持ち上げられて、馬鹿な魔法がかけられた、あの映画のあなたのことが大っ嫌いだったのに」

「新島さんが私のことを考え続けてくれたからだと思う」

「なにそれ」

「みんな、あの映画の女の子のことは覚えていても、本物の私のことは忘れていったから。実は私、ずっと新島さんのそばでだらだらしてたんだよ。文句言われるたびに返事して、そうしたらムカつくけどまだ消えないでいられる気がしてさ。――それで昨日、奇跡みたいにかちっと周波数があったの」

「ほんとに馬鹿じゃないの。手紙、文句なんか言わせないくらいのを書くから、用事が終わったらさっさと消えてよね」

「もちろん！」

その日の夜、基裕が眠るのを見計《みはか》らってベッドを抜け出た香葉子は、台所の照明をつけてマリアと向き合った。ゼミで親切に論文の書き方を教えてくれたのだという想い人の先輩へ宛てて、マリアが話す散漫な言葉のメモを取る。優しくしてくれてありがとうございました。先輩に頂いたチーズせんべい、もったいなくてなかなか食べられませんでした。先輩と一緒に出かけたり、買い物したりするのが夢でした。甘くふわふわと立ちのぼる言葉を手近なコピー用紙に縫《ぬ》い止め、香葉子は首を傾げる。

「さっき私に言った、かっこいい言葉が見当たらないんだけど」

マリアは一度口を開き、閉じ、少しためらってから、先輩のことが大好きです、とぎこちない声で言い足した。極力丁寧な文字で清書し、最後に宛名の部分に「佐野光春先輩」としたためて、マリアの手紙が完成したのは、午前三時を回る頃だった。

夏が去った銀色の砂浜を、一人の女が歩いている。女はまるで長年連れ添った恋人のような、家族のような、構えたところのない振る舞いでカメラを導く。波打ち際で遊び、暮れゆく海を眺め、風が強く吹けば手をつなごうと片手を差し出す。

香葉子はもう、この映画にたくさんの夢と魔法が仕込まれていることを知っている。本当のマリアは映像の女とはまったく違う人格だったし、カメラマンと映像の女の間に秘められた関係性はなにもない。つまりこれはただの作りものの、カメラが止まればこの世のどこにも存在しなくなる幻の女の映像だということだ。

朝のテレビドラマのヒロインがどれだけ可憐でも、香葉子の人生が脅《おびや》かされるわけではない。基裕の元カノが美しく健気な夢の女で、彼の中に存在がこびりつき続けるなら一大事だが、どこにもいない女と張り合い続ける理由はない。

だから、自分はもうこの映画を観なくてもいいはずだ。そう思っても朝のコーヒーを飲む数分に、香葉子の指は染みついた動きに沿ってスマホを操り、『まぼろし』の海岸をディスプレイに広げた。ただの演技、作りものだとわかっているのに、カメラへ向けられたマリアの微笑みはあまりにきれいで、心臓が締めつけられたみたいに苦しくなる。これが、基裕がマリアに言った「人を見るときの表情が独特」ということなのだろうか。

ベッドに腰かけた香葉子はスマホから顔を上げ、そばのローテーブルでオムレツを食べている寝癖のついた基裕の頭を見つめた。

「ねえ」

「んー？」

「モトはさ、自分の作品を見返すことってあるの？」

「なくはないけど……」

なにその質問、と不思議そうに振り返る基裕に、香葉子は自分のスマホの画面を見せた。あー、と基裕は鈍い声を上げる。

「これか。インタビューとか、関連する仕事の打ち合わせの前とかに目を通すことはあるよ。けど、俺はぜんぶ作業が終わった完成品より、色んなシーンを削る前の親データの方が愛着があって、そっちを見る方が多いかな」

「そんなのあるんだ、面白そう」

「面白いけど、そっちを観ちゃうともう手品の種明かしみたいなもので、完成品を先入観なしに観ることが出来なくなるから。『まぼろし』が好きならあんまりおすすめできない」

「夢が覚めちゃうってこと？」

基裕は香葉子の言葉に目を丸くし、少し考えてから頷《うなず》いた。手の中で光を放つ『まぼろし』に目を落とし、香葉子は再び基裕と顔を合わせる。

「私ね、初めてこれを観たとき泣いたんだ」

「ああ、メールもらって、嬉しかった」

「なんていうか、こう……誰にも言ったことがないし自分でも説明できなかった感覚を、久しぶりに思い出させてくれた感じで、たまらなかったよ」

そうだ、初めは元カノ云々《うんぬん》ではなく、母と仲良く過ごしたリビングの幸福感を思い出したくて、自分は何度も『まぼろし』を観ていた。香葉子は言葉を探しつつ口を開く。

「でも、作りものなんだよね。斎藤さんだって本当はこの映画みたいな女の子じゃなかっただろうし、音を変えたり余計なものを削ったりしたモトの編集があるからこそ、私はそんな気分になった。現実に生きているだけじゃ辿《たど》りつかなかったのに、作りものの、しかも私の事情なんかなにも知らない二人の作品を通してそこに届いたのが、不思議だなって思う」

「んー」

自分で作ったオムレツを一切れ口へ含み、基裕はゆっくりと咀嚼《そしゃく》する。今日の、みじん切りにした玉ねぎとマッシュルームが入ったオムレツは、バターと黒胡椒《くろこしょう》の香りが絡み合ってとてもおいしかった。香葉子の皿はすでに空になり、シンクの洗い桶《あらいおけ》に沈んでいる。映画と同様に基裕の料理には、そこはかとない繊細さが漂っている。

オムレツを食べ終え、コーヒーマグを手にこちらへ向き直った基裕はようやく口を開いた。

「あれが作りものなことは間違いないし、世の中の作品って言われてるものは全部がそうだろう。ただ、作りものだっていうのはぜんぶ嘘だってことじゃなくて、必ずその中に小さな、それを作った人間から取り出されたかけらが埋め込まれてるんだ。で、そのかけらを他人に見やすく、わかりやすくするために、クリエイターは作りものの人間だったり、町だったり、怪獣や宇宙戦争を用意するわけよ」

「じゃあ、『まぼろし』にも、モトや斎藤さんのかけらが入ってるんだ」

「俺はどっちかっていうと自分がかけらを出すんじゃなくて、すごく珍しいかけらを持ってる誰かを見つけて、それに合った作りものを用意するのが得意なんだ。だから、あの映画に含まれてるのは、俺じゃなくて斎藤のかけらだろうな。斎藤の中にあったなにかが、香葉子を含めた色んな人間の、うまく説明しづらい琴線を弾いたんだ」

マリアは「映画の女の子」と自分を切り分けている印象だったけれど、基裕の言うことが正しければ、本人すら気づいていない彼女のかけらがここに映っていることになる。

香葉子は夜の海を背にしたマリアの眩《まぶ》しすぎる笑顔を見つめた。

「気になるなら、親データを送ろうか。まだサークルで保管してるはずだから、ダウンロードできるようにするよ。スマホのアドレスにメールすればいいよね?」

「うん、ありがとう」

先に家を出る基裕を見送り、香葉子も出かける支度を始めた。いつもは地味すぎなければなんでもいい、と服は適当に合わせることが多いが、今日だけはトップスの生地から靴の色まで、デートさながらに吟味《ぎんみ》する。なにしろ他人の告白を背負っているのだ。

さっきの、聞いてたんでしょう。どう思う?

洗面台の鏡へ向かい、小さなパールのイヤリングを身につけながら、背後の空間へ頭の中で呼びかける。自分に取り憑いている幽霊とは、なにかを思うだけで意思が通じてしまうことを、香葉子はシャワー中に思い浮かべていた引越センターのＣＭソングを、脱衣所で待っていたマリアに笑われたことで知った。実生活にはなんの役にも立たない知識だ。

まばたきで視界が切りかわった次の瞬間、肩の後ろに半身のえぐれた幽霊が現れた。

「梶くん、相変わらず言うことがむずかしいね」

「あはは」

「ぜんぜん実感ないなあ。私は結局、梶くんの言う通りに歩いたりしゃべったりしていただけだったから。撮影のときのこととか、ほとんど覚えてないの」

「端から見たらすごいことをしてても、本人からすればそんなものなのかもしれないね」

軽くねじって結った髪にイヤリングと合わせたパールのバレッタを留め、香葉子はどうかな、とマリアへ振り向く。マリアは小さな花が開くようにじわりと顔をほころばせ、すごくかわいい、私のためにありがとう、とまっすぐな声で返した。

ふと、銀色の砂浜で彼女と向き合っている気分になり、香葉子は眩しさにまばたきをした。

マリアの想い人は三年生で、ゼミのリーダーとして講義が始まる三十分前には教室に入って、機材を用意したりディスカッションの段取りを決めたりしているらしい。文学部に在籍する身としてはあまり出入りすることのない、外国語学部が多く使っている校舎で、香葉子はマリアがいたゼミが開講される教室を探した。

ひと気の少ない廊下を歩いているときから、肩に取り憑いたマリアの挙動は目に見えておかしくなった。小さな声でうっとうしいぐらいに「ほんとに行くの？　ほんとに？」「どうしようどうしよう」と繰り返す。香葉子の服の袖《そで》を引き、「私やっぱり行くの止める」と甘えたことを口走る。香葉子はもう！　と呆れた声を上げてマリアを振り返った。

「誤解を解いて、大好きですって言うためにずっと残ってたんでしょ。今さら恥ずかしいもなにもないよ、覚悟決めなよ」

「で、でも、先輩を驚かすことになるし」

「そりゃいきなりラブレターが届いたら驚くだろうけど、どんな形であれ人に好きって言われるのは嬉しいでしょ」

「そうかな……そう思っていいのかな」

二人で考えた設定はこうだ。生前の友人だった香葉子がマリアの母親を手伝って遺品の整理をしていたところ、本の間から未投函《みとうかん》のラブレターを見つけた。よく恋愛相談に乗っていた香葉子はすぐに誰宛なのかぴんときたが、故人が手紙を出す気だったのか出さない気だったのか判別がつかず、迷いながら今日まで手元に残してしまった。しかし捨てるのも忍びなく、他にどうすることもできないため、よければ受け取って下さい。

「ああ、緊張する。こわい、こわいよ。先輩に変に思われたらどうしよう」

「この教室ね。開けるよ」

「一生誰にも言わないつもりだったの」

ぐだぐだと葛藤《かっとう》を続けるマリアを無視して、香葉子は教室番号を示すプレートを確認し、気合いを入れて引き戸を開けた。

今日のゼミではなにかの映像を使用するらしく、教室内では一人の女子学生がプロジェクターの用意をしていた。あれ、と拍子抜けした気分で香葉子は戸口に立ちつくす。

女子学生はすぐにこちらに気づいて顔を上げた。

「どなた？　須藤《すどう》教授ならまだ来てないよ」

「あの、すみません。教授じゃなくて、サノミツハル先輩いらっしゃいますか」

女子学生はすぐには返事をせず、突然の来訪者をじっと見つめた。気の強そうな大きな目とふっくらとした唇が目を引く、ゴージャスな雰囲気の美女だ。ゆるく巻いた黒髪を豊かな胸元へ垂らし、上品なベージュのニットワンピを着ている。

みはるせんぱい、マリアが仔猫《こねこ》が鳴くように呟く。え、と香葉子が声を漏らすよりも先に、女子学生はブーツを鳴らして歩み寄ってきた。

「それ、たぶん私かな。佐野光春《さのみはる》、光るに春って書いてミハルって読むの。よく間違われるんだけど」

「あ、えっと……」

人違いだろうか、と思う間もなく、マリアがくっついている右肩からかすかな震えが伝わってきた。マリアは香葉子の肩に顔を伏せて小さく小さく震えていた。栗色の髪から覗く耳が真っ赤になっている。せんぱい、みはるせんぱいだ、どうしよう。香葉子にしか聞こえない幽霊の声は、恋にとろけて泣いているようにも聞こえた。

一生言わないつもりだった、と言っていた。そうだったのか、と胸を衝《つ》かれる思いで香葉子は光春を見た。

「私、四月に亡くなった斎藤マリアさんの友人で、新島香葉子って言います。彼女からよく佐野先輩の話を聞いていて、一度お会いしてみたかったんです」

「マリアちゃんの！　ああ、そうなんだ……。私も結構長く論文の指導役だったから、あの子がいなくなって寂しかったよ。ほら、あの子がサークルで彼氏と作った映画あったでしょ。うちにもＤＶＤがあるんだけど、まだ観るたびに泣いちゃうの。こんなに無邪気な、かわいい子だったのに、なんでいなくなっちゃうかなあって」

「それで、先日マリアの実家で遺品整理のお手伝いをしてたときに……」

手紙が、と言いかける香葉子の耳元に、だめ、と矢のような声が届いた。やっぱりだめ、だめ、言わないで、お願い。それまでの甘えた声とはまるで違う、切実さを帯びた鋭い声だった。

どうして、と香葉子は目線でマリアに訴える。あなた、このために出てきたんでしょう。誤解を解いて、ちゃんと告白するために半年も一人で待ってたんでしょう。わななと震え、食い入るように光春を見つめるマリアの目には、まばたきをすればこぼれ落ちそうなほど大粒の涙がふくらんでいた。香葉子は追い打ちをかける。今言わなきゃ、二度と言えなくなっちゃうかもしれないのに、まさか女同士だからって気にしてるの？

違う違う！　とマリアは勢いよく首を振った。

「だって、私はもう死んでるんだよ！　あれをしたかった、これをしたかったって、もうどれだけ頑張っても叶えられない望みを先輩に伝えるのは、ひどいことだよ。ただ無念を押しつけてるだけだ。なんでここに来るまでわかんなかったんだろう。だめ、お願い言わないで、もう帰る、ねえ香葉子、帰ろう。せっかく仲が良かったんだ、先輩の中の私をだめにしたくない！」

パニックになって泣きじゃくるマリアを見つめ、香葉子は言葉を失った。急に黙り込んだ香葉子を怪訝《けげん》に思ってか、光春は首を傾げる。

「どうしたの？」

「いえ、あの……」

手紙は渡せない。どうすればいいんだろう。マリアは泣き続けている。これ以上黙っていたら変だ。早く、早く、早く。無念ではなく、この子の心を伝える言葉を、なにか。

「マリアの実家で……思い出したんです。あの子がよく、ゼミに、優しくしてくれる大好きな先輩がいるって、嬉しそうにしゃべってたことを。映画の……映画を撮っていた人は、マリアとはただのサークル仲間で、あの頃マリアは誰ともつき合ってませんでした。むしろ、憧れの佐野先輩の話ばかりしてたから、きっと『まぼろし』で歩いたきれいな砂浜も、先輩と歩きたいなって思っていたと……勝手に、私は、思ってます」

しばらくの間、ぼんやりと香葉子を見つめていた光春は、ふいに肉厚な唇をぎゅっと引き結び、赤くなった目からぼろぼろと涙をこぼした。マリアちゃん、会いたいなあ。苦しげな嗚咽《おえつ》の合間に漏れた言葉に、マリアが一本だけ残った腕を伸ばし、光春の背中をそっと撫でた。どうしてだろう、また、眩しい。光春に触れるマリアのてのひらが、ぼんやりとにじむように光っている。

ふう、と大きく息を吐いて呼吸を落ちつかせ、光春はやっと顔を上げた。マスカラがにじんで黒くなった目元で香葉子に笑いかける。

「あー……帰ったら、うちにある『まぼろし』のＤＶＤ観ながら、マリアちゃんと散歩してるの想像してみる」

「はい」

「来てくれてありがとう」

手紙を渡さないまま、ゼミが始まる十分前に香葉子とマリアは教室を後にした。

「勝手にしゃべってごめん」

マリアはゆっくりと首を振った。

薄暗い校舎を出たら、暮れる夕日が冬空を澄んだ橙色《だいだいいろ》に染めていた。冷え切った風に頬を撫でられ、香葉子は腕に提《さ》げていたコートを羽織り、マフラーを首元に巻いていく。マリアは鮮やかな空と、着ぶくれして足早にキャンパスを行き交う学生と、春服でたたずむ自分の胸元を見て、最後に香葉子へ顔を向けた。

「海が見たいな」

一人じゃ行けないから連れてって。そう言って、マリアは香葉子の袖を引いた。

電車とバスを乗り継いで大学から付近の海岸へ辿りつくまでの小一時間、マリアは香葉子の肩に重さのない腕を回したきり、なにもしゃべらなかった。空がみるみる暮れていき、夕日と逆光になった木々や建物が黒々とした影をまとう。

辿りついた海岸は、一面に赤みを帯びた凶暴な金色で彩《いろど》られていた。他の季節ならばバーベキュー客やサーファーでいくらか華やぎがあるものの、真冬では人っ子一人いない。潮風に身をすくめ、香葉子はコートのポケットに両手を差し込んだ。

「さむっ、ほら、ついたよ」

うながすとマリアは少し頷いて体を離し、香葉子のそばへ並んだ。こまかな波が立った海面に目を細める彼女の横顔は『まぼろし』のワンシーンのように美しく、香葉子は思わず見とれた。マリアは形のよい唇をゆっくりと開く。

「光春先輩が持ってるＤＶＤに取り憑いてる……妖精とかになりたい」

「気持ちわるっ」

「そのＤＶＤの中の私は、先輩の脳内で海岸デートができるんだよ。ずーるーいー」

「だいぶ言ってること、わけわかんなくなってるよ」

マリアは肩を揺らしてからからと笑い、金色の砂浜を歩き始めた。香葉子も寒さに身を縮《ちぢ》めたまま、幽霊の散歩につき合う。

それからマリアは、色々な話をした。三人姉妹の末っ子に生まれたこと。なぜか姉妹の中で自分だけが飛び抜けて背が高くなり、小さい頃はいやだったこと。小学校低学年からバレエを習い、だけど中学二年の時にあんまり好きじゃないと気づいてある日突然やめたこと。ロシア語学科に入学したのは偶然で、推薦枠をもらえたからというだけの動機だったが、一年の終わりにロシア語のとても美しい小説に出会い、それから楽しんで学ぶようになったこと。小鳥のさえずりに似たおしゃべりに耳を傾け、香葉子は次第に輝きを弱めていく空を見上げた。もうすぐ夜が来る。

「私、本当はマリアじゃないんだ」

「え、なに、どういうこと？」

「もともと父さんが、海外でも受け入れられる名前にってことでマリアって読みを決めて、鞠に愛って漢字も選んだんだけど。役所に提出した後になって、それが父さんが海外赴任で手を出してた浮気相手の名前だってわかっちゃったの。もう、母さんカンカンで、私の名前もマリアじゃなくマリエって読むことになったんだ。ほら、愛媛《えひめ》の愛。だから、家族はみんな私のことマリエって呼ぶの。なかなかそうは読んでもらえないから、外じゃマリアって自分から名乗ってるんだけど」

「父さん馬鹿だなあ」

「馬鹿だよー。馬鹿馬鹿。でも私のお葬式で、私にマニキュア塗ってくれたんだ。お姉ちゃん達がやってるの見てさ、俺もやるって。足の爪までぜんぶピカピカにしてくれた。泣きながら」

マリアは足を止めて香葉子へ振り返った。片方だけ残った自分の手に目を落とす。マリアの爪は明るいストロベリーピンクで彩られていた。嬉しそうにそれを眺め、マリアは香葉子へ手を差し出した。

「さっき、先輩の前でマリアって呼んでくれて嬉しかったよ」

「いきおいだよ、いきおい」

「私も香葉子って呼んじゃった」

「好きにすれば」

くすぐったげに、ふっと口元をゆるめてマリアは笑う。ああ、同じ笑顔だ、と香葉子は思う。私は今、なにも怖がらなくていい場所を歩いているんだ。マリアの手を握った。これまでは質量なんか一度も感じなかったのに、幽霊の手はしっかりとした感触を伴って香葉子のてのひらに収まった。つないだ手を軽く左右に揺らし、マリアはまた歩き出す。

「幽霊になったとき、ああ、最後に神様が先輩に告白するチャンスをくれたのかなって思った」

「ふうん」

「でも、たぶん違うんだ」

「結局しなかったしね」

「うん」

　ははは、と笑い声が上がる。金色の輝きが薄れていく。暗い雲の向こう側へ落ちていく太陽の、最後の光に射貫《いぬ》かれて、香葉子は目を閉じた。網膜に残った光の残像を散らそうとまぶたをこする。薄い闇の向こうで、マリアはしゃべり続けている。

「きっとこの奇跡は、一人ぐらい、本当の自分を伝えて、それでも手をつないで歩いてくれる人を見つけなさいってことだったんだ」

「マリア」

「香葉子、ありがとう。梶くんによろしくね」

　ふいに握ったてのひらの感触がかき消えた。マリア、と呼びかける声を潮騒がさらう。なにも見えない。なにも聞こえない。

　次に目を開けたとき、世界は夜になっていた。一対の足跡がえんえんと続く青暗い砂浜で香葉子は一人、輝きを増す星空を見上げ、美しい夢の終わりを迎えた。

　揺れるカメラが空を映し、地面を映し、海を映し、最後に一人の女を正面にとらえて動きを止めた。コーラ片手にフライドポテトをつまむ彼女は、撮ってる？　と笑い混じりに聞く。撮ってるよ、と同じく笑いを含んだ男の声が答えた。なにかに使えるかもしれないし。どうせ声は消しちゃうから、好きにしゃべって。

「しゃべることないよ」

「なんでもいいって、表情が撮りたい」

それから、カメラマンと女は今日の撮影について、自分たちの映画について、次のシーンの入り方について、とりとめのない会話を交わした。映っているのはどこにでもいる少し貧乏な大学生の二人組で、なんの魔法もかかっていない。

波打ち際のシーンなんだけど、と男が切り出した。

「もう少しこう、印象づけたいんだよなあ」

「うーん」

「斎藤のさ、こう、フラットっていうか、あんまり好きとか嫌いとかが前に出なくて、異性でも親しみやすい感じはすごくいいと思うんだ。あとなにか、ぐっと釣り針みたいに観てる人を引っかけるもんが欲しい」

「またそういうむずかしいこと言う」

二人は相談を続け、やがてサークル内の恋愛話をきっかけに、男が口を開いた。

「このあいだ言ってた、憧れの人ってのはどうなったの。誰だっけ、先輩なんだろ？

男バスか男バレなら知り合いがいるから、合コン組めるよ」

「余計なことしないで。ってか言いふらさないでよ？　シーン作りのネタになるって言うから話したんだからね」

「わかってるって。で、どうなの。告白しないの」

「しません。っていうか、できない」

「なんで」

「……向こうは私をそういう対象としては見てないと思う」

「子供あつかいしてくる感じ？」

「ちょっと違うけど、だいたいそうかな」

「ふーん。訳ありなんだ」

「そう、訳あり。……梶くん、ほんとに私を使って映画撮ることしか考えてないでしょう」

「ははは。バレた？」

女は手を叩《たた》いて笑い、そういう薄情なところ、すごく信用できる、と肩をすくめた。ポテトをかじり、何気なく海の方向を見て、あ、空いたよ、と砂浜の一角を指さす。声をきっかけに、男が立ち上がったのがカメラの高さでわかった。

「じゃあ、薄情ついでにオーダーしようか」

「はいよ」

「告白しない、っていうか、できない恋なんだろう? なら、もったいないから次のシーンは、このカメラの向こうにその相手がいると思って歩いてくれよ。斎藤が手を伸ばせば必ず届く、笑いかければその相手は必ず笑い返してくれる、そういうつもりで」

「ひとでなしだよね、ほんと」

「じゃあ、試し撮り。このカメラは、生中継で斎藤の憧れの先輩につながってます。──十秒前。九、八、七」

大きく息を吸い、女は目を伏せた。カウントが進む。日に照らされたまぶたが白く光る。三、二、一。目を開ける。

「先輩、こんにちは。斎藤です」

呼びかけた女の、あまりに幸せそうな笑顔から、一つの美しい夢が始まる。

鮮やかな熱病

ある日、仕事を終えて帰宅すると、ジャングルの奥地でネズミや小鳥を捕食する新種の毒ガエルっぽいものが妻の頭に乗っていた。

「なんだ、それ」

「なにって、帽子よ」

「帽子？」

「かわいい？　暇だから作ってみたの」

どぎつい赤のフェルトを丸く縫《ぬ》い合わせ、ちぎれたワカメみたいな黒いリボンと悪趣味な金ボタンを表面にあしらったその物体は、見れば見るほど不格好だった。毒ガエルは毒ガエルでも、品種改良に失敗したかわいそうな奴かもしれない。しかもその下に目尻と口元にちりめん皺《じわ》を寄せた化粧気のない五十代の妻の顔があるのだから、目を背けたくなる醜悪さが生み出されている。本藤《ほんどう》は眩暈《めまい》を感じて顔をしかめた。

「冗談じゃない。今すぐやめろ」

「似合ってないかしら」

「頭がおかしくなったとしか思われない」

「はいはい、やめますよう」

妻は口をとがらせて滑稽《こっけい》な帽子をとる。それからまるで何事もなかったかのように、ごはんできてますよ、と続けた。


年をとるにつれて不快なことが増えていくのは仕方がないことだ、と本藤勝久《かつひさ》は思っている。人間は、知らないものを認識することは出来ない。礼儀を知らない者は自分が無礼であることに気づかない。知識のない者は自分が愚《おろ》かであることに気づかない。経験を積み、知恵を蓄え、礼節を重んじる年齢になれば、どうしてもそうではない者たちの杜撰《ずさん》さや愚かさが目につくようになる。とはいえ、そんなときに嫌悪をあらわにするのではなく、愛情を持って諭《さと》していくのが年長者のつとめであり、度量の見せ所だろう。

ただ、ここ数年はずいぶんひどい。歴史を知らない若者が筋道の立たない言説を振りかざしたり、自覚と忍耐の足りない母親が幼気《いたいけ》な赤ん坊を放り出してままごと同然の仕事に逃げたり、働き盛りの男が甘ったれた病を理由にいつまでも親元で養われていたりと、日本人全体が幼稚で図々しくなったように思う。

テレビ越しのニュースのみならず、本藤の周囲にもろくなことがない。部下が打たれ弱い青びょうたんばかりだったり、高校に通う一人娘がろくに勉強もせずに遊び歩いていたり、不惑どころか知命をとうに超えた妻が、ある日突然みっともない趣味を始めたり。一つ一つは大きなことではないが、目や舌にざらつきを残す砂交じりの不快な風が、絶えることなく生活のあちらこちらへ吹きつけてくる。

職場の香坂《こうさか》めぐみもまた、本藤の気持ちをざらつかせる存在の一つだ。

本藤が支店長を務める地方銀行で一年前から窓口担当をしているめぐみの周囲には、いつもどこか浮き足だった、落ち着かない空気が流れている。男性行員たちは何かにつけて彼女に用事を頼み、今度お礼するよなどと白々しい誘いをかける。商品の説明に彼女を指名する常連客は多く、彼女が休みの日にはクレームが出るくらいだ。そのくらい、めぐみは魅力的な女性だった。

まず、若い。しかもただ闇雲《やみくも》に若いわけではなく、二十代後半という周囲を傷つける力をすでに失った若さにそそるものがある。また彼女は利発で明るく、そのくせどこかお嬢様的なおっとりとした風情があり、受け答えが柔らかい。最後に、顔立ちにいかにも男慣れしていなさそうな素朴な清らかさがある。

つまり誰がどう見ても、彼女はおあつらえ向きの「花嫁候補」だった。

「あのー、支店長にご相談したいことがあるんですが、帰りにちょっとお時間を頂けませんか」

春に他支店から異動してきたばかりの櫻井《さくらい》が真面目《まじめ》くさった顔で声をかけてくる。確か三十七歳のバツイチだというこの男は、先週の飲み会で最初から最後までめぐみの隣に居座っていた。きっとどこからか、彼女が本藤の口利きで入行したことを聞きつけたのだろう。

「君で六人目だよ」

「は？」

「なんなんだろうなあ、今の子は。理想が高いにもほどがある」

順番に玉砕していくものだから、職場の空気が荒れて仕方がない。六人の中には、評価に値する男もいたのだ。それをすげなく袖《そで》にされて、本藤は人物眼を否定された気分だった。

「あ、こんにちは。このあいだの説明じゃちょっとわかりにくかったですね。じゃあもう一回。はい、帰ったらこのパンフレットとメモを息子さんに見せて、ご家族で検討して下さいね。まず、一番スタンダードなのがこのプランなんですが、たぶん息子さんの仰《おっしゃ》っているのがこちらで……」

窓口では投資信託の説明を求める体《てい》で週に何回も世間話に訪れる老人に、めぐみが愛想よくパンフレットを開いている。つむじの周りに光の輪が浮かんだ黒髪の後頭部に目をやり、本藤は鈍《にぶ》い溜《た》め息《いき》を落とした。

そもそもは、二十年来の友人である香坂龍之《たつゆき》の紹介だった。姪《めい》っ子の勤め先である保険会社が経営不振に陥り、転職先を探している。社交的な性格だし、年配者に好かれるたちだから、本藤さんのところで雇ってもらえないか。

ちょうど年配の女性行員が遅い寿退社をして人が足りなくなるタイミングだった。面接の印象は少し頼りなさそうだったけれど、一日に大勢のお客に接し、時にお叱《しか》りも受ける窓口業務はこのくらい人当たりが柔らかい方が上手《うま》くいくかもしれない、と縁故採用に踏み切った。本当に思わぬ拾い物だった、と思う。めぐみは厄介ごとや想定外のトラブルに強く、にこやかな口調と穏やかな笑顔で何事もなめらかに推し進めていく。彼女の入行以来、フロアは目に見えて回転率が上がった。とても感謝している。だからこそ、幸せになって欲しいと思う。

午後三時に入り口のシャッターを下ろすと、行内は俄然《がぜん》忙しくなる。帳簿合わせに金券類のチェック、手形の処理、現金輸送車の手配など、一日で集積された業務をいかに手早く済ませるかで退勤時間が変わっていく。誰もが口数少なく猛スピードで会計処理を行うなか、本藤も上げられてきた伝票のチェックと検印に没頭した。

行き違いでもあったのか、視界の端で櫻井が書類を片手に席を立ち、窓口へ向かう。数分のやりとりの後、めぐみが笑ったまま小さく首を振るのが見えた。無遠慮に眺めていたせいで、半端な笑顔を口角に残して振り返った櫻井と目が合う。櫻井はむん、と唇をへの字にし、しかめ面で席へと戻っていった。

定時前に無事すべての会計処理が終わり、帳簿と手元の現金の額が一致したことを伝える「合いました！」の一声に場の空気がふっと弛緩《しかん》した。談笑しつつ帰り支度を始める行員たちの間を縫って、めぐみがデスクに近づいてくる。お疲れさまです、と疲れを感じさせないみずみずしい声で呼びかけられた。

「昨日、叔父《おじ》が魚を持って訪ねてきたんですけど、黒鯛がたくさん釣れたから支店長もぜひ、とのことでした」

「おお、香坂さん相変わらず行ってるのか」

「千葉に遠征してきた、と得意そうでした」

「ありがとう、あとで電話しておくよ」

会釈して席を離れかけた彼女に、本藤はちょっといいか、と声をかけた。先に立ってフロアを出る。周囲の行員が一瞬雑談を止めたのは、きっとめぐみが叱られると思ったからだろう。自販機が並ぶ廊下の奥の休憩スペースは、よく気の抜けた部下を一喝する場所として使っている。

小さくなってついてきた彼女へ振り返り、本藤はすぐに切り出した。

「めぐみくんは、誰かつきあっている相手でもいるのか？」

「は？」

「もしそうなら、早めに教えて欲しい。なに、相手がいると分かれば、職場の連中も落ち着くだろうさ」

めぐみは目を見開き、なんの話ですか？ と小さく唇を動かした。

「だから、本当は恋人がいるんだろうという話だ。明言しない君も悪いぞ。思わせぶりに愛嬌《あいきょう》を振りまいて」

「恋人はいませんが」

予想外の返しに、本藤は一瞬言葉を失う。めぐみは眉《まゆ》を寄せ、苦いものを噛んだ顔で笑った。

「それは失礼した。じゃあ、本当に好みじゃないのが続いたのか。でも、君ももうそろそろ年頃だろう。どういう相手がいいんだ？　君のことは香坂さんに頼まれている。良い相手を紹介しよう」

めぐみは一度開きかけた口をぎこちなく閉じ、また開いた。

「今は……あまりおつきあいとかは、考えていないというか」

「そういうわけにもいかないだろう。若いうちはわからないだろうが、ずっと独り身なんて寂しいものだぞ」

「そうかもしれませんが、でもちょっと趣味の方が忙しくて」

「趣味なら、結婚してからの方がむしろのびのびと出来るんじゃないか？」

「え？　はあ……」

「どんな趣味なんだ？」

「えっ」

虚を衝《つ》かれたという風にめぐみは口をつぐむ。本藤は首を傾《かし》げた。

「よっぽど重要なんだろう？　言い辛《づら》いことなのか？」

「支店長、もしかして私について叔父に何か言われたんですか？」

「いや、そんなことはないが」

ううん、と鈍いうなり声を上げ、めぐみは軽くうつむいた。そのまま数秒沈黙し、やがてゆっくりと顔を上げる。

「ご厚意は嬉しいのですが、しばらくは仕事に専念したいと思います。やっと職場にも慣れて、お客様対応に自信が出てきたところなので」

「そうか……まあ、ほどほどにな。優先順位を間違えるなよ」

目線が重なるのを避けるように、めぐみは顎《あご》を引いてうつむきがちに頷《うなず》く。小さく丸まった彼女を、本藤はまじまじと見つめた。恋愛を、喜ばない女。反応しない女。よくわからない。社会の約束事を無視している。不遜《ふそん》だ、と舌の上にざらりとした不快感が残った。

初めて会ったときに、アマガエルのような男だと思ったのを覚えている。

小柄で、細身で、一目見たときの印象が明るく、人に嫌悪感を与えにくい。温和で隙《すき》が多い風に装いながらも周囲をよく観察し、どんな環境にも表面の印象を変えてみる馴染《なじ》んでいく。香坂龍之はそういう男だった。

二十年前に自分が担当していた融資窓口に現れたときから、こいつは成功する、と本藤の頭に直感の火が点《とも》った。事実、地方の小さな輸入傘問屋から出発した彼の会社は、いまや都内の一等地に店舗を構える有数の高級傘メーカーにまで成長している。

香坂は人を使うのが上手かった。こういう話が来たら教えてくれよ、次はこういった商品を始めようと思うんだけどさ、と銀行の空いている時間にふらりと訪れては本藤に生き生きとした商売の話を次々と持ちかける。つい口車に乗せられて想定以上の融資を行ってしまった場面も少なくない。同年代の彼の活躍は眩《まぶ》しいと同時に小気味よいもので、より商売が繁盛するよう、本藤も陰になり日向《ひなた》になり協力した。丹精込めた苗木が大樹となる喜びを分かち合い、香坂は成功者に、銀行員人生を無事に軌道に乗せた本藤は、四十を過ぎる頃に念願叶って支店長に抜擢《ばってき》された。

「いやあ、こいつがなかなか餌《えさ》に食いつかなくて、ずいぶん焦《じ》らされたもんだよ」

五十センチはありそうな黒鯛の魚拓を見ながら、本藤と香坂はその魚の切り身を並べた茶漬けをさらさらと掻《か》き込んだ。すでに全身に酒が巡り、なにもかもがぼんやりと気だるい。雅《みやび》な艶《つや》を放つケヤキの一枚板の座卓には、香坂の妻が用意した酒肴《しゅこう》の皿が半分ほど中身を残して並んでいる。明日の仕事が早いとかで、妻は早くに席を辞した。

香坂の家は都心にほど近い閑静な住宅街に位置している。周りをぐるりとクチナシの生け垣で囲んだ二階建ての和建築で、一階の縁側を開け放つと慎ましく整えられた夜の庭から湿った草木の香りが居間へ流れ込んだ。

「関西圏の百貨店から店舗を引くんだって？」

酔いで舌がなめらかになったタイミングを狙って切り出すと、香坂は自分で淹《い》れた茶をすすりながら、まあねえ、と簡単に頷いた。

「テナント料も馬鹿にならないし、増税してから客足がやっぱり伸びなくてさ。これを機に銀座の店を改装して、オーダーメイドの受注を増やすことにしたんだ。といっても、決めたのは俺じゃないんだけど」

「俺じゃないって、社長がなにを言ってるんだ」

「ふっふっふ、なんだか照れるな」

湯飲みから立つ湯気の向こうで、香坂はだらしなく口元を緩ませる。

「なんだよ」

「言っていいものかね」

「言えばいいだろ、気味の悪い」

「もうすぐ俺、専業主夫になるから」

「んん？」

言われた内容が脳に行き渡るのに、五秒かかった。それでも理解が追いつかず、本藤は呆然とした面持ちでへらへらと笑う香坂を見つめる。さらに五秒経《た》って、やっと脳が一つの結論を弾き出した。

「香坂、まさか……癌《がん》なのか？　辛かったなあ。大丈夫だ、なんにも心配しなくていいからな。一緒に癌を倒そう。なに、持ち直せばいくらだって仕事復帰できるさ。オーダーメイドでもなんでもつきあうから、また一発どかんと当てて世間を驚かせよう」

今度は香坂が黙る番だった。目を見開き、数秒おいてハッと短く息を吐いて笑い出す。

「ああ、本藤さんありがとうなあ。でも違うんだ。病気じゃないし、特に悩みがあるわけでもない。単純に家の都合というか、成り行きというか。ほら、三ヶ月前に詩子《うたこ》に赤ん坊が生まれたって言っただろう？　俺の初孫だよ。かわいくってさあ。それで、でかいプロジェクトが動いているからどうしてもってことで、来月から詩子は職場に戻るはずだったんだけど、予定してた保育サービスが急に受けられなくなってさ。保育園もいっぱいで、どこにも預ける当てがないって泣きつかれたんだ。礼子《れいこ》は苦労してた塾経営がようやく軌道に乗ったところだし、もう会社は幸也《ゆきや》に譲って、俺が家に入って面倒みることにした」

「……冗談だろう？」

絞り出すように、辛《かろ》うじてそれだけ言った。

「本当だって。もう休みを取り始めて、たまに二時間ぐらい、俺が一人で面倒見てるんだよ。すごいだろう。大泣きされてるけども」

「金はあるんだから、人を雇えばいいだけの話だ」

「いやいや、本藤さんも孫を持ったらわかるよ。面白いんだこれが。人に預けるより自分で世話したくなるって。身内の方が詩子も気楽だろうしな。こうなったら、絶対に初めの言葉はママでもパパでもなく、ジージにしてやる」

へらへらと笑う香坂の声を聞きながら、本藤の胸に暗雲のような失望が広がった。残酷な競争原理の平原で、お互いの力を尽くして戦ってきた。かけがえのない美しい瞬間にたくさん出会った。大切なものだと思ってきたし、同じ価値を共有していると信じていた。それなのに、この男はいとも簡単にそれを捨てるのだという。

「仕事をしない男なんて話にならない。そんな、孫の面倒を見るために辞めるなんて馬鹿な理由じゃ、世間は納得しないぞ」

「まあ、孫の面倒っていうのはきっかけみたいなもので、前から思っていたんだ。礼子の商売もなんとか上手くいってる、娘も息子も独立した、すぐには食うに困らないだけの貯金もある。じゃあちょっとぐらい冒険したっていいだろう。もう三十年以上働いてきたんだ。ここらで一つ、生活を変えてみようってな」

「そんな馬鹿げた思いつき、はしかみたいなものだ！　いい加減にしろよ、お前みたいになりたくてもなれない奴が、どれだけいると思っている！」

喉《のど》をせり上がった苛立《いらだ》ちが、弾丸のように口から飛び出した。罵声《ばせい》を浴びた香坂はなにも言わない。

はしかみたいなものだ。自分で吐いた言葉がぐるぐると脳を回る。大声を出したせいか、それとも香坂の突拍子もない告白のせいか、酒が嫌な回り方をして本藤の背中に冷や汗がにじんだ。

「そうか、本藤さんなら面白がってくれるかと思ったんだけどな。——なあ、顔が青いぞ、大丈夫か」

「……気分が悪い」

帰る、と目を合わさずに上着をつかみ、本藤は足早に香坂の家をあとにした。


はしかみたいなものだ、と言われたことがある。確か、子供の頃のことだ。父の書斎で、自分はなんらかの重たい本を持っていた。

目すら合わせず、広い背中越しに言い放たれた瞬間、ショックでも悲しみでもなく奇妙な安堵《あんど》が胸を満たした。わかりました、と素直に応じ、書斎を出て庭に面した廊下をゆっくりと歩いた。沈みゆく太陽が強烈な橙色《だいだいいろ》を世界に投げかけていた。自分はこのまま、なにも変えることなく夜を迎えるのだ。そう、納得した日があった。

全身がきつく締め上げられ、身動きがとれない。そんな不快感とともに目が覚めた。

「はっ……は……」

汗だくで暗い天井を見上げる。体が動かない、と思ったのはほんの一瞬で、すぐに目の前に自分の手が現れた。若干痺《しび》れを感じるものの、ちゃんと動く。感覚の乏しい冷えた指を握り、ゆっくりと開いた。寝ているうちに、腕を体の下に敷いてしまったらしい。ひどく嫌な夢を見た気がするのに、内容がうまく思い出せない。

　枕元のデジタル時計は午前二時を指している。喉の渇《かわ》きを感じ、本藤はベッドを軋《きし》ませて起き上がった。照明をつけたら完全に目が冴《さ》えてしまいそうで、月明かりを頼りに廊下を進み、キッチンでコップに注いだミネラルウォーターを一息にあおる。静けさの中、冷蔵庫の稼働音がやけに大きく聞こえる。

　ダイニングキッチンから襖《ふすま》一枚で仕切られた和室の電気は消えている。妻は眠っているようだ。妻手製の不格好な毒ガエルはあれから一つ二つと数を増やし、今では専用の帽子掛けまで和室に持ち込まれて十近くが引っかけられている。どれもやたらと派手な布地を切り貼りした野暮ったいカボチャ状で、センスのかけらも感じられない。光るものがない。売り物にならないただのゴミだ、と融資窓口に長く勤めた本藤には一目でわかる。妻だって、自分でわかっているはずだ。

　一体どうして彼女はこんなことを始めたのだろう。なにか生活に不満でもあるのだろうか。それとも、なんらかの病気の前兆か。青暗い闇に包まれながら、本藤は空のコップを手にぼんやりとたたずむ。足の裏に、ひんやりとしたタイルの感触が伝わる。

頭上で扉の開く音がした。チャラチャラした音の波と、軽い足音がそれに続く。二階のトイレの水音が響き、また扉が閉まって、静寂が戻る。娘の理佳《りか》だろう。なんて時間に起きているんだ。

一言、注意しなければならない。そう思った途端、体に一本の筋が通る。やるべきことを思い出したような安心感とともに手足を動かし、コップを流しへ置いて二階へ向かう。隙間から皓々《こうこう》と白い光を漏らす、娘の部屋の扉を一息に開いた。

「おい、何時だと思っている」

「うっわあ！」

素《す》っ頓狂《とんきょう》な悲鳴を上げ、パソコンを置いた机に向かっていた理佳は勢いよく振り向いた。深夜だということもお構いなしに、やたらと電子的なうるさい音楽を部屋一杯に流している。パジャマ姿の娘はこちらを見て、みるみる顔をしかめた。

「ふざけないで、ノックしてよ！」

「お前こそふざけるな、さっさと寝ろ。こんな風に夜更かししてるから朝もろくに起きられないんだ」

「ほっといてよ」

よく見ると、理佳はパソコンの前に小さなゲーム機を置いている。どうやらパソコンと並行してゲームをしていたらしい。器用なものだと呆《あき》れたところで、パソコンの画面に見覚えのあるマークを見つけ、本藤は眉をひそめる。

「クレジットカード？……おい、まさかネットショッピングとかしてないだろうな」

「お父さんには関係ないもん」

「こら、見せろ」

「ちょっと、勝手に入らないでよ！」

雑誌や脱ぎ捨てた衣服が散らばる娘の部屋に、数ヶ月ぶりに足を踏み入れる。パソコンにはなにやら込み入った会員登録の画面が映し出されていた。名前や住所、電話番号の他、銀行の口座番号まで記入するよう求められている。未成年がなにをやってるんだ、と思わず声を荒らげた。

「お前、いい加減に……」

「違う、違うの！　お母さんに頼まれたんだって！」

本藤の怒りを敏感に察し、理佳は慌てた様子で首を振った。

「母さんが？」

「そう、なんか手作りの雑貨をネット販売したいって言うから……ええと、クリエイター登録すれば、そういうのを欲しがっているお客さんに商品を提示して、決済を代行してくれるマーケットサイトがあるの。だからそれに登録してあげようと思ったんだけど、口座とかわかんないし、また今度でいいやって思ってたとこ」

「手作りの雑貨って、まさかあの変な帽子か……あんなもの、人に売れるわけないだろう」

吐き捨てるように言うと、理佳はきょとんと目を瞬《しばたた》かせた。

「え、なに、お父さん、お母さんのこと怒ってるの？」

「当たり前だ。趣味なら、花でも料理でも俳句でも、もっと年相応のものがたくさんある。なんだって急にあんなこと始めたんだ」

本藤の母親は料理と和裁が趣味で、暇さえあれば子供たちの浴衣《ゆかた》を縫っている人だった。彼女はいつも家族のことを考え、家族のためになることばかりしていた。料理、洗濯、裁縫、掃除、買い物。そして、父に恥をかかせない連れ合いであり続けるための化粧や嗜《たしな》み。割烹着《かっぽうぎ》のひもをきりりと締めて包丁を使っている清潔な後ろ姿を、今でもよく思い出す。

不格好な妻の帽子を見るたびになんともいえない気味の悪さを感じるのは、きっと自分の母親が微塵《みじん》も見せなかった、家族に属する存在以外のなにかになりたい、という生臭い欲望を感じるからだろう。そんなことを願うのは裏切りみたいなものだ、と本藤は思う。妻だけではない。香坂やめぐみだってそうだ。無欲で貞淑な母は美しかった。父は厳しくも正しかった。本藤自身も我を抑えて彼らの在り方に沿うよう努めてきたし、それで世の中はきちんと調和がとれていたのに、身勝手な理由で秩序を乱す彼らが許せない。

理佳はよくわからないとばかりに首をかしげた。

「そりゃ、ぶっちゃけ下手《へた》だし、変な色だけど、初めは皆そんなものなんじゃないの」

「お前ぐらいの年齢なら、どんな失敗をしてもいいだろうさ。けど俺や母さんぐらいの年になったら、それ相応の落ち着きや品格が必要なんだ」

理佳はわずかに目を細めた。いらいらしているときの癖で、親指で下唇を内側へ押し、表面のささくれを噛み始める。この癖一つとってもそうだ、と本藤は思う。子供だったら、かわいらしい、で済む。血のにじんだ唇すら、青春の証《あかし》として清々《すがすが》しく受け入れられるだろう。けれど自分や妻がやったら、ただの汚くだらしない悪癖だ。自分を律することの出来ない大人は見苦しい。ぷちん、と薄い皮を前歯でちぎり、娘はまた口を開いた。

「私が小学校の頃、ヒップホップのダンススクールに通いたいって言ったときも、お父さんそんな感じでダメって言ったよね。もっと品のある習い事にしなさい、バレエとか、ピアノとか、なんだって他にあるだろうって。……結局お父さんはさ、私やお母さんのことを見下してるんだよ。対等だなんて思ってないし、いつも夫婦とか家族とか、そんな風に一くくりにして自分にくっつけて話すし、お父さんがかわいいと思うことしかやらせないの。なんか、ほんと、気持ち悪い。お母さんに同情する」

なんだと、と上げかけた声が、娘のまなざしを受けて止まる。先ほどまで、自分の怒りを恐れていた娘の目には、冷えた軽蔑《けいべつ》がにじみ出していた。

「お前たちが後ろ指を指されないために言ってるんだ。なにもわからないくせに、知ったような口をきくな」

「はいはい、それでいいよ。ってかその後ろ指って、お父さんが真っ先に指すんでしょ？　私もう寝るから、出てって」

押し出される形で理佳の部屋を出る。目の前で扉が閉まり、すぐに隙間から漏れ出る照明が消えた。暗い廊下にたたずみ、本藤はドアノブに伸ばしかけた手を途中で止める。反抗期になにを言っても無駄だ。いずれ親のありがたみに気づくだろう。俺も娘には甘いな、と内心で呟《つぶや》き階段を下りる。

一階の廊下を踏んだ瞬間、自分はこの家という青暗いがらんどうの中で一人だ、と唐突に思った。妻にも娘にも不自由のない暮らしをさせてきた。産後は妻を働きに出さなかったおかげで、娘は母親にたっぷりと甘えて大きくなった。そういう幸せの下支えを認められないのはなぜだろう。そして労苦を分かち合ってきた無二の友人までもが、自分とは違う道を選ぶという。

布団に入ってもなかなか眠れず、仕方なくスマートフォンでニュースを読み始めた。なんでもいいから頭の中をリセットしたい。もともと、自分にまつわることを考えるのは得意ではない。金融ニュースをさらさらと眺め、経済のページに移る。大手企業の合併について、アメリカの冷害が市場にもたらす影響について、次々と記事を読みあさった。途中で専業主婦の社会復帰にまつわる記事を見つけて指が止まる。もっとも、短大卒業後にお遊びのような事務職をしていた以外に就労経験のない妻に、今更社会に出る力があるとは思えない。

ふと、個人間売買を主流とするハンドメイドマーケットの紹介記事を見つけ、わずかに本藤の心臓が跳ねた。なんでも素人が手探りで作り始めた商品が思わぬヒットを飛ばし、企業と提携して売りに出された例もあるらしい。手芸、陶芸、アクセサリー作りなど、様々な分野で有名クリエイターとなった成功者のインタビューがいくつも掲載されている。

まさかなあ、と妻の頭に乗った不細工な毒ガエルが頭をよぎる。そんな野心があるのか？　今更ながら本藤は、妻がなにを考えているのか、自分にはさっぱりわからないことに気づいた。むしろ、関心がなかった。若い頃から真面目な女で、家のことは一通り抜かりなくこなしていた。多少のどんくささに愛嬌《あいきょう》を感じ、それ以上なにかを望むことがなかった。

　気まぐれで「専業主婦　手に職」とボックスに打ち込み、検索ボタンを押す。画面が切り替わり、とりとめのない情報がずらずらと目の前に並んだ。資格を取る、住み込みで働く、クリエイターを目指す。どれもこれも、自分の妻に当てはめて考えたところで、たいした現実味は感じない。見下してる、と娘の刺したトゲがわずかにうずく。

　主婦の仕事についてネットサーフィンをしているうちに、主婦の内面についての記事がちらちらと目に入り始めた。どうしても喜びを謳《うた》うものよりも、不満を論じる記述に目がいく。夫がきらい、子育てが辛い、姑《しゅうとめ》がいやだ、やりがいがない、単調である、誰にも感謝されない。のめり込んで読むうちに、主婦が集まって日頃の不満を語り合う掲示板に辿《たど》り着いた。稼ぎが悪い、疲れていると言ってなにもやらない、子供にかまわない、大きな子供みたいだ、本当はいらない、金だけ引き出せればいい。一体誰のために働いていると思っているのだろう。こんなに馬鹿で恩知らずの人間が、本当にこの世に存在するのだろうか。脳の裏側で罵倒を返すも、大したダメージはない。むしろ、女たちの中身なんてこんなものか、と笑いたくなる。

画面をタップする位置を間違えて、生々しい手の写真が並ぶ掲示板に迷い込んだのはそのときだった。文字を追い続けていた平坦《へいたん》な思考に、突然千差万別の生命を感じる皮膚の画像が押し寄せてぎょっとする。読み飛ばしているので詳細はよくわからないが、どうやら女子学生が様々な手の写真を集めているらしい。美術のデッサンにでも使うのだろうか。

女子学生は、写真を掲載する見ず知らずの男女一人一人に丁寧なお礼を送っていた。口調の一々が愛らしく無邪気で、いやみがない。掲示板をスクロールするうちにわかったことだが、この子は恋をしているらしい。だけど、なかなか手をつないでくれない恋人に焦れている。

本藤は品のいい和菓子でも口に含んだ気分で少女の書き込みを見守った。先ほどの主婦たちの汚い書き込みと、同じ生き物が書いたものだとは思えない。恋をして、それで頭がいっぱいになっている女。慎ましやかで、求めるよりも与えることに喜びを感じる女の思考はなんて清潔なのだろう。少女だったらなおさらだ。

お父さんがかわいいと思うことしかやらせない、と吐き捨てた理佳の声がよみがえる。そもそも、かわいいと思えないものをどうして愛さなければならないのか。美しい少女のイメージに頭の緊張がなだめられ、本藤は空が白み出す明け方にようやく短い眠りについた。

多くの企業の給料日にあたる毎月二十五日は、何かと行内が慌ただしい。ATMには長蛇の列が出来、振り込みや引き落とし、口座間の金の移動などで窓口も混雑する。もちろんシャッターを下ろしたあとの会計作業も多忙を極め、この日ばかりは行内のほとんどのスタッフが残業することになる。

だから本藤の支店では、給料日明けの客足が弱まるタイミングでささやかな慰労の飲み会を催すのが毎月の習慣となっていた。参加者は社員パート問わず、出席は任意で、大体いつも十数人が参加する。本藤にとっては、日頃あまり顔を合わせられないスタッフたちとの貴重な意見交換の場だ。

トイレに立って戻ると、ビールグラスを残した席の周囲の顔ぶれが変わっていた。なるべく多くのスタッフと話そうとする支店長に気を遣って、次長あたりが席替えを提案したのだろう。ありがたいことだ、と本藤は飲み屋のつっかけサンダルを脱いで元いた席へ向かった。右隣に座る女が香坂めぐみであることに気づき一瞬爪先《つまさき》が迷うも、不自然にならないようゆっくりと座布団に腰を下ろす。

「めぐみくん、飲んでるかい」

「はい、頂いてます」

向かいの営業課長がグラスを浮かせたのをきっかけに、今月もお疲れ、と周囲の四、五人でまた小さな乾杯をした。今月の椿事《ちんじ》、成果、常連客の動向など、他愛もない話で盛り上がる。新しく注《つ》がれたビールを半分ほど飲んだあたりで、そういえば、とめぐみの向かいに座ったロビー係の女性が笑い交じりに切り出した。

「めぐみちゃん電器店の息子さんに手紙もらってたでしょう。すごいよねえ、何人目？ 井戸田《いどだ》のおじいちゃんも、めぐみちゃん目当てに毎日通ってるし」

「お、電器店って、高尾《たかお》電器店のヒロちゃんか。俺、高校が同じだったよ。嫁さんに逃げられて子連れで帰ってきたんだろう？ ラブレターとか、ヒロちゃんよくやるよなあ。で、なんて返したの」

営業課長が言葉を継ぐ。めぐみは半端に笑って肩をすくめた。

「いえ、そんな、お茶に誘われただけです。でも、今はそういうことは考えられないから、とお断りしました」

「そりゃそうだよなあ。十五近く離れたこぶ付きのオッサンなんて、重たくて仕方ないだろう。マドンナなんて久しぶりだから、どいつもこいつも舞い上がってるんだろうな。

──めぐみちゃんもさあ、早く誰かに決めちゃいなよ。選び放題だろ？　結婚指輪をはめたら、みんなぱたっと大人しくなってすっきりするよ？」

「はあ……」

好みってないの？　恋人って最後につきあったのはいつ？　どんな結婚相手がいい？　保険の高橋君とか、ぜったいめぐみちゃんに気があるよね、と矢継ぎ早に投げかけられる言葉に、めぐみは当たり障りなく答えていく。きっとよく交わされるやりとりなのだろう。本藤はめぐみへ放たれるはしゃぎ声の底に、薄い苛立ちが流れているのを感じた。この間の理解できないもの、干渉できないものに、人は執着と憎らしさを感じるのだ。

自分もそうだった。少しめぐみが哀れになり、本藤は口を開いた。

「まあ、焦ってつまらない男をつかんでも仕方がないだろう。結婚も、すればいいってものじゃない。めぐみくんがこれだと思う男に出会うまで、我々は気長に見守ろうじゃないか。その方が祝う楽しみも増すってものだ」

傍らのめぐみが、意外そうに目を大きくする。やだ支店長大人ー、かっこいいー、とはやす声に、おう俺は大人だよ、みんなじゃんじゃん惚《ほ》れてくれ、ラブレターも歓迎だ、とおどけてみせる。そして話し好きなロビー係の女性に、君のところこそ息子さんが受験だったんだろう、どうだった、と話を振った。

場の力点がめぐみからよそへと移る。手つかずになっていた果物の酒を一口飲み、ふう、と浅く息を吐くめぐみの姿が視界の端に入った。

ありがとうございました、とめぐみから声をかけられたのは、もう残り二十分ほどで飲み放題が終わる解散間際のことだった。他のスタッフは集金役の営業課長の前に集まった千円札と小銭の山を誰が一番早く数えられるかの競争をして盛り上がっている。安い揚げ物に胃もたれした本藤は座を離れ、テーブルの隅でホットウーロン茶をすすっていた。

「いや、なにも。というか、俺も少し前に同じようなことをしたばかりだ。悪かったなあ」

「いいえ、そんな」

「まさか客からもアプローチを受けてたとは、大変だな」

めぐみは黙って首を振り、そこで一度会話が絶えた。本藤はまだ湯気を放つウーロン茶に、めぐみは氷の溶けた果物の酒に口をつける。

「趣味、相変わらず続けてるのか」

「はい」

「金が稼げるものなのか？　なにか、たとえばそれで食っていけそうな将来性があるとか、人脈が広がるとか、なんらかの利点があるのか」

「いえ、全然」

「そうかあ。俺は結局、それが全然わかんないんだよな」

家族を喜ばせるためのものなら、女らしいと納得できる。金を稼いだり尊敬を集めたりするものなら、充分に馴染み深い。けど、そうではないもの。利益を上げず、自慢も出来ず、なにも生み出さない趣味に時間や情熱を捧げる意味がわからない。ましてや、そのために婚期を逃すなんて。めぐみは少し考え、口を開いた。

「うーん、なかなか他の人には受け入れられない趣味なんですけど……でも、楽しいです」

「そうか」

楽しいだけじゃだめなんじゃないか、と出かけた言葉を舌先で止める。家族がいたって、むしろ家族がいるからこそ、自分は充分に孤独だ。楽しいだけでもだめだし、家族を作るだけでもだめなのだろう。だからといって、香坂のように矜持《きょうじ》を忘れて家族に媚《こ》びる気は到底起きない。

「きっと君みたいな、男が要らないっていう人はこれからどんどん増えていくんだろうな。強い女が、男の手を借りずに自己実現をしていく。気がつけばそんな話ばかりじゃないか」

「……それは、きっと違うと思います」

珍しくめぐみがはっきりとした声を出した。ん？　と本藤は顔を向け、先を促《うなが》す。

「男の人が要らないんじゃなくて……男女っていう役割を脱いで、ただの対等な大人同士として、尊重しあえる関係を作りたいんだと思います。少なくとも、私はそうです」

「それは、単に友人ってことじゃないのか。伴侶《はんりょ》じゃなくて」

「そうですね……もしも結婚するとしたら世界一の親友だって思える人がいいです。その上で恋をしたい。女として必要とされるだけなら、その人は別に私じゃなくても、そこそこ好みの女なら誰でもいいんですよ」

「なんかすごいな……。俺みたいなオッサンにはさっぱりだ」

「あはは、説明するとややこしいけど、簡単なことです」

めぐみはピンク色の唇から歯をちらりと覗《のぞ》かせて笑った。義務的でない彼女の笑顔を見るのは初めてな気がする。その笑顔は、女として充分すぎるくらいに魅力的だ。伝えても、きっと喜ばないのだろうが。

「愛情や欲情だけでなく、友情も欲しいんです。男の人ともっともっと仲良くしたいし、交わりたい。性別や社会の仕組みで真っ二つにされたくない。年配の男性は、女はわがままでロマンティストだってよく言うじゃないですか。まったくその通りだと思います」

根本的に考え方の違う男女が友情を育《はぐく》むなんて、幻みたいなものだと本藤は思う。ただ、毒ガエルを作ったのが妻ではなく香坂だったら、俺はどうしただろう。違う言葉をかけただろうか。考えているうちに会計を終えた営業課長が手を叩《たた》いて注目を集め、宴の終わりを宣言した。二次会に流れるメンバーに万札を一枚渡し、本藤は電車に揺られて帰路についた。途中で疲れに負けて、指紋でガラスが白く曇ったドアにもたれて短く眠る。なにか、重くて硬い本を抱き続けている夢を見た。

久しぶりに香坂から電話が入ったのは、土曜の昼のことだった。今すぐ来てくれ、と切羽詰まった声に尻を叩かれて車に飛び乗る。ぎっくり腰でもやったか、それともついにどこかの血管がぶっちぎれたか。俺を呼ぶんじゃなくて救急車を呼べよ、とぼやきながら紅葉が見事に色づいた香坂邸の駐車場に車を滑り込ませる。奥の家族用の駐車スペースに車がないということは、他の家族は出かけているのか。

玄関の呼び鈴を押してもなかなか返事がない。焦れて扉に手をかけると、鍵は開いていた。

「どうした、大丈夫か！」

　家に足を踏み入れた瞬間、うあああああーーーんっ、とかんしゃく玉を破裂させたような赤ん坊の泣き声に迎えられた。今まで直面したことのない異様な状況に動悸《どうき》を感じつつ、本藤はおそるおそる靴を脱いで家に上がる。

　居間には、タオルをかぶせた座布団の上で身をくねらせて泣く赤ん坊と、そのそばで途方に暮れたように手首を押さえて座り込んだ香坂の姿があった。

「なにやってるんだ」

「おお、本藤さんすまん、ちょっと手伝ってくれ」

「いやいや、この状況でなんで俺を呼んだ。俺じゃないだろ、ここは」

　泣き声がうるさすぎて、お互いの声がよく聞こえない。けれど、香坂が続けて発した言葉ははっきりと本藤の耳に届いた。

「友達だろう、助けてくれよ。一人で大丈夫だって大見得切っちまった。家族にかっこつけたいんだ」

　なんでも体調を崩した娘とつきそいの妻が病院に行く間、一人で面倒を見るはずが、妙な姿勢で抱っこを続けたせいで手首を痛めてしまったらしい。

「抱っこすれば泣き止むから、ちょっと頼むよ。手を洗ってきてくれ。まだ首が据《す》わってないんだ。うなじに片手を添えて、尻を支えて」

「無理だ、ぜったい無理だ！　赤ん坊なんて何十年触ってないと思ってる。今から妻を呼ぶ、待ってろ！」

「大丈夫だって、俺が出来るんだから。赤ん坊の抱き方ぐらい覚えておけよ。営業の話のネタになるし、寿命が延びるぞ」

こんな状況でもへらへらと笑う香坂に押し切られ、爪の間まで入念に手を洗った本藤はおっかなびっくり赤ん坊に手を伸ばした。手触りがベルベットに似た熱いうなじに片手を添え、想像よりもいくらか重い尻を抱き上げる。目を糸のように細めて泣いていた赤ん坊は、ふいに大きな目を見開いた。きょとんとした面持ちで、黒くみずみずしい、小さな湖のような瞳に本藤を映す。

「ど、どうしたんだ……」

五秒ほど見つめ合ったところで赤ん坊はまた突然眉を寄せ、不満げに口をへの字にした。ふえええ、とあやふやな声が上がり、黒い瞳にみるみる水の膜を張っていく。

「おい、泣くぞ泣くぞ！」

「その場でゆらゆら、上下左右に優しく揺すってやってくれ」

本藤の焦りをものともせず、香坂は台所の流しで痛めた手首を冷やし始めた。言われたとおりに腕を動かすも、赤ん坊は違うとばかりに本藤の腕の中で身をくねらせる。不満げな泣き声が高くなった。

「泣き止まん！」

「じゃあ、抱きかかえたまま適当に歩き回ってくれ。そのうち馴染んで、あまり文句を言わなくなるから」

赤子を支える腕を固定したまま、本藤は早足で居間を歩き回る。するとぴたりと赤ん坊がぐずるのを止めた。天井の照明を目線で追いかけ、時々嬉《うれ》しそうにぱたた、と足を動かした。

結局香坂が抱っこを交代したのはそれからたっぷり三十分後、手首をしっかりとテーピングで固定して治療を終え、更に紅茶を一杯飲んだあとだった。

「いやあ、助かった。ありがとう」

あぐらをかいた香坂の膝《ひざ》で、赤ん坊はおいしそうに哺乳瓶《ほにゅうびん》に詰めたミルクを飲んでいる。慣れない赤ん坊のご機嫌取りに疲れ果て、本藤は深く息を吐いた。

「いつもこんなことをやっているのか」

「すごいだろう。赤ん坊って理不尽のかたまりだよなあ。毎日毎日、今まですぐ隣に存在していたのに知らなかった、もう一つの世界を切り開いている気分だよ」

「俺たちの世代は、子供の世話をする暇なんかなかったからな」

何しろ男は朝六時に家を出て零時過ぎに帰るのが当たり前の時代だった。本藤も、赤ん坊の頃の理佳と触れあった記憶などほとんどない。何枚か抱いた写真は残っているが、実感がない。

きっと可愛かっただろう、と思う。他人の赤ん坊でさえ、自分の行動で泣き止ませたり、喜ばせたりするとずいぶん嬉しいのだ。赤ん坊の理佳が自分を見て笑ってくれたら、そんな記憶が残っていたなら、どんなによかっただろう。自分が取りこぼしたもののことを考え、本藤は胸が塞《ふさ》がるのを感じた。

俺たちは損な世代だったな、と呟くと、香坂はあっけらかんと首を振った。

「俺は楽しかったよ。ずいぶん勝たせてもらったし。それにほら、俺たちの父親世代は、きっともっと子供と接する時間なんて少なかったんじゃないか。自分の子供は無理だったけど、こうして孫とはゆっくり過ごせるんだから、いい時代に立ち会ってるって思うよ」

「時代もなにも、香坂のところはずいぶん特殊だろう。いくら今がいろいろと緩くなっている時代だからって、専業主夫なんかそうそういるものか」

「新しい価値を不快に感じるのは、それまでのルールに上手く乗ってこられた奴だ。本藤さんは、きっとそうだったんだろうな。俺は、夫婦で担う役割を交代するって発想が出たときに、これだって思ったよ。昔から、毎日毎日同じ場所に行って同じような仕事を繰り返すのがいやで仕方なかった。今思えば、新しい商売を作るのは好きでも、続けていくのはそれほど好きじゃなかったんだな。むしろ礼子の方が俺より仕事好きだったから、うちはこの形が自然だって前からずっと思っていた」

「社長じゃなくて、コンサルか発明家にでもなるべきだったんじゃないか」

「かもなあ」

ふえ、と赤ん坊が寝ぼけた声を上げ、二人して思わず身をすくめた。声のトーンを落として話す。

「なんにせよ、色々と緩むのはいいことだよ。風通しが良くなる」

「……俺には、わからない。そういう風には育てられなかった」

「そりゃ俺もだ。でも、もういいだろう。これからは今まで選べなかったことをたくさんしたい。時代とともに社会は、それぞれの心の形に沿った生き方を尊重する方向で進化してきている。先人たちの努力の結果だ。それを俺も享受し、背負うべき痛みがあるなら引き受けて、次につないでいきたい」

無意味なものに心が揺らぐたび、はしかみたいなものだ、と言い聞かせてきた。はしかだ、はしかだ、と拒み続けるうちに、それに罹患《りかん》する他人を許せなくなった。もしかしたら、自分の父もそうだったのだろうか。

愚かな熱病に、一度ぐらいかかってみても良かったのかもしれない。そうでなければ、他人の病を許せないのかもしれない。香坂は寝かしつけた赤ん坊をベビーベッドに運んだ。慎重に横たえ、よし、と満足げに振り返る。

「なあ、ルンバとか、ああいう平べったいロボット掃除機に赤ん坊を寝かせる道具が出来たら楽でいいと思わないか」

それは、かつて新しい傘のイメージを語った彼と同じ口調だった。鮮やかな既視感に、本藤はまばたきを繰り返す。

「……重さで壊れないか」

「いやあ、そうとうなデブ猫があれに乗ってる動画、けっこう見るぜ。部屋も綺麗《きれい》になる、赤ん坊も喜ぶ、抱っこしなくて済む、一石三鳥じゃないか」

「いやいや、やっぱり危ないだろう。それなら、自動で揺れるハンモックの方がいい」

意見を返すと、香坂はにやりと口角を持ち上げた。

自分たちのいた平原は、本当は目に見える範囲よりもずっと広いのかもしれない。かすかな予感に、本藤の指先がふっと温まる。

「俺が子育てを終えてベビーグッズメーカーを立ち上げるときにはよろしくな」

「任せろ、嫌がらせかってくらいびっちり査定してやる」

それから、二人でひたすら奇抜なアイディアを出し合った。途中で起きた赤ん坊を交代であやし、これは泣く、これは泣かないの境目を見極めながら丸い瞳をのぞき込む。

「本藤さんは、基本的には親切なんだよな」

「気持ち悪いことを言うなよ」

「自分がよく分かっているものには親切なんだ。まあ、みんなそうなのかもしれないが。知らなかったものは厄介だけど、慣れれば面白いもんだよな。金儲けの発想も広がるし」

結局それか、と思わず笑って、膝の上で眠たげに指をしゃぶる赤ん坊を見下ろす。いつしか表情まで分かるようになった。

夕方に香坂の家族が帰宅し、子守りを手伝った礼にと夕飯に誘われた。家に一報を入れ、本藤が帰路についたのはすっかり夜も更けた頃だった。

ただいま、と呟いて玄関の扉を開ける。もう居間の電気は消えている。妻も娘も既に休んでいるのだろう。本藤は風呂場で汗を流し、寝間着に着替えてから水を飲みにキッチンへ向かった。

コップの水を飲み干したところで、閉じた和室の襖から光が漏れているのに気づいた。ふらりと近づき、入るぞ、と声をかけて襖を引く。カラフルな布地や裁縫道具を広げたローテーブルの前で、妻は理佳のものらしいカラフルなイヤホンを耳に差し込んで、熱心に縫いものをしていた。

帽子掛けに並ぶ作品が、また増えている。いつしか歪《いびつ》なカボチャ型から脱却し、妻は色々なタイプの帽子を作るようになっていた。ハンチング、キャスケット、中折れ帽、ベレー帽。帽子の中に芯《しん》を入れる方法を覚えたらしく、いくらか様になっている。だけど、やっぱり色の組み合わせが悪い。帽子本体にもリボンにも布製の花飾りにも、派手で強い色を使いすぎていて、色彩がまとまらずにぶつかり合っている。ただ、理由はわからないけれど、妻はとにかく鮮やかな、ものすごく目立つ帽子を作りたいらしい。

しばらく眺めていたら、気配を感じた妻がはっと顔を上げた。本藤を見つけ、驚いたそぶりでイヤホンを耳から抜き取る。

「おかえりなさい。あらやだ、ごめんなさい。気づかなかった。楽しかった？　香坂さんとのごはん。お茶でも淹れましょうか」

夫の目が帽子掛けに注がれているのに気づき、妻は慌てて腰を浮かせた。きっとまたなにか不快なことを言われる、と構えているのだろう。本藤はしばらく考え込み、ちょっと待っていろ、とその場をあとにした。自室の押し入れを開き、奥から様々な本を詰めた段ボールを取り出す。卒業文集や好きな作家の単行本、昔好きだったアイドルの写真集など、いわゆるどうしても捨てられない本をここに入れてある。

段ボールの底に、目当ての数冊は眠っていた。学生時代に読み耽《ふけ》った、爬虫類《はちゅうるい》や両生類、鳥類の大型図鑑だ。ページを開くと、カラフルで美しい生き物の図が所狭しと並んでいる。

「これ、参考にならないか。色合いが派手な生き物も多いし、全体の印象をまとめるのに、真似《まね》してみるのもいいだろう」

妻はあっけにとられた面持ちで本藤を見た。差し出された図鑑の表紙と夫を三回見比べ、ようやく受け取る。

「借りていいの？」

「いい。好きに使ってくれ。おすすめなのはヤドクガエルだ。色が鮮やかで、愛好家も多い」

妻は丁寧な手つきで図鑑を開き、ヤドクガエルを調べ始める。そのつむじを見ているうちに、喉をせり上がる言葉があった。言わなくてもいい。でも、言ったっていい。

「学生の頃、こういう小型の生き物が好きだったんだ。研究者になりたいと思っていた時期もあった」

あら、と呟き、妻が顔を上げる。正面から目線が重なり、美鶴《みつる》だ、と唐突に名前が頭をよぎった。普段は母さん、おい、と呼ぶばかりで、もう長い間、名前と存在を結びつけていなかった。

「確かにきれいだものね。気持ちがわかるわ。――あった、ヤドクガエル。すごい色」

「これは一番代表的なやつだな。もっと真っ赤の、目立つ奴がいて……」

本藤は美鶴の手に指を添え、ゆっくりとページをめくった。

一ヶ月後、本藤は電車を乗り継いで都心の大型爬虫類販売店を訪ねていた。ケージに入った色鮮やかなカエルたちを順々に眺める。置く場所を自室に限り、世話を一手に引き受ける、という条件で相談を重ね、先日ようやく飼育が許された。最後まで抵抗していたのは爬虫類嫌いの理佳だったが、美鶴が繰り返し「お父さんカエル好きなのよ」と笑いながらごり押ししてくれたおかげで、最後には「ぜったい脱走させないでね」と折れてくれた。

「お父さんでも、なりたいものとかあったんだね」

高校卒業を目の前に控えてなにか思うところのある娘に、美鶴が吹き込んだのだろう。先日は意味深な一言とともに、ゲーセンでとったのだというカエルのピンバッジを渡された。

ヤドクガエルのカラーリングを取り入れた美鶴の帽子は、信じられないことに数日前、初めての注文が入った。クリック一つで有名ブランドの製品が簡単に手に入る時代に、素人の手芸品をわざわざ買う物好きがほんとにいたのか、と驚いたものだが、発送後、注文者から「無事に届きました。珍しくてかわいい帽子ですね。冬の間にたくさん被ります」とメッセージが届けばもう疑いようもなく、文面を何度も読み上げて家族全員で喜びを分かち合った。知らないことが、この世にはまだまだ沢山あるのだろう。

それで、どの一匹を我が家に迎えよう。人に馴《な》れやすいイエアメガエル、丸い体に愛嬌が漂うツノガエル、小さくて可愛いからもしかしたら理佳の抵抗が薄いかもしれないアマガエル、南天さながらの赤い目が特徴的なアカメアマガエル。もしくは種類ごとにまったく外見が異なる愛しいヤドクガエルたちの中から、もっとも好みの一種を選ぶ時がとうとう来たのか。ケージの前で悶々《もんもん》としていると、入り口の自動ドアが開く気配がした。いらっしゃい、と店員の声が聞こえる。

「あれー、メルティちゃんどうしたの。具合悪い？」

「ここのところ、ラットの食べが悪くって。ちょっとオーナーに相談に乗ってもらいたいんですけど」

何気なく顔を向けると、足下に置いたケージから一・五メートルほどの蛇を取り出している女の姿があった。黒地に鮮やかな金色の斑紋《はんもん》を散らした美しい蛇に思わず目を奪われる。蛇か、蛇もいいなあ。でも、理佳が怒るだろうな。思わず顔をほころばせて眺めていると、飼い主の女がこちらを向いた。

「あ」

「え？」

蛇を腕に巻き付かせた女は、香坂めぐみだった。

「お待たせいたしました、お客様。えーとこちら、コバルトヤドクガエルと、イチゴヤドクガエルですね。ごゆっくりご覧ください」

タイミング良く、店のスタッフが本藤が頼んだカエルのケージをバックヤードから持ってきた。言葉を失い、お互いが抱えた熱病を見つめ合う。

ケロケロ、とケージ内のカエルが鳴いた。

真夜中のストーリー

月子《つきこ》と昴《すばる》が初めて手をつないだのは五回目のデートの最中だった。少し前に蚊《か》に刺されてしまい、月子は小さく腫《は》れた手の甲の一点をぽりぽりと掻《か》いていた。昴はそんな月子の手を横から無造作につかんだ。

「あんまり掻くなよ、血が出ちゃう。我慢できないなら爪でばってんつけてやろうか」

「わ、懐かしい！　やってやって」

昴は親指の爪を赤く荒れた皮膚の表面に二回、交差する形でぎゅっと押しつける。月子はまるでアクセサリーでももらったみたいに、ばってんのついた手をぴんと伸ばして目の前にかざした。

「なに見てるの」

「えへへ、嬉《うれ》しい」

「ほら、限定アイテム見たいんだろう？　早く行こう」

もう掻くなよ、と言いながら昴は親指の腹でばってんにふたをする。そのまま、つかんだ手を引いて歩き出した。

すっごいなあ、と幸鷹《ゆきたか》は息を吐いた。イケメンだイケメン。女の子の手ってこうやってつなげばいいのか。知らんかったわ。感心しつつ月子と名付けた少女のアバターを動かし、昴というキャラクター名が表示された少年と一緒にゲーム内のフリーマーケットを散策させる。

大きなスタジアムの内部を想像させる空間には、自分らのほかにもたくさんのアバターが行き来し、店を構え、それぞれに余剰なアイテムの売り買いを楽しんでいた。ここはプレイヤー同士の交流を推奨するオープンスペースなので、まるで実際の人混みを歩いているかのように近くを通る他のアバターたちの会話が断片的に表示される。これちょうだい、もう二度と手に入んないよ、高いなあ、あの洞窟《どうくつ》でまだ手に入るの?

昴と出会ったのも、こんなオープンスペースの広場だった。そのとき月子は、サービス開始から一周年の記念抽選で手に入れた、レアアイテムである鹿の角のアクセサリーを頭に装着していた。そして、それ欲しかったんだ、譲ってくれないか、と唐突に声をかけてきたのが昴だった。月子は鹿の角を昴に渡し、代わりに同じくレアアイテムである、先端にリボンがついたトカゲのしっぽのアクセサリーをもらった。

はまったことがない人には馬鹿馬鹿しく見えるかもしれないが、手間と時間、時にはお金もかけてプレイヤーの分身であるアバターを自分好みにカスタマイズするのは、こういったネットゲームの醍醐味《だいごみ》の一つだ。またなにか良いアイテムが手に入ったら交換しよう、とお互いのIDを交換し、それからログイン時間がかぶるときには挨拶《あいさつ》を交わすようになった。モンスター退治だったり、ゲーム内でのミニゲームだったり、人数が必要なときには声を掛け合っていくつかのイベントを一緒にこなした。

こうしたネット上の人間関係はけっして珍しいものではなく、月子には昴の他にも同じような知り合いが何人かいる。可愛らしい少女の外見をしているため、特に男性アバターから声をかけられることが多い。ただ、数多い男性の知り合いの中でも、昴は少し特別だった。しゃべり方や動作の端々から漂う雰囲気が軽く、明るく、一緒に居て気詰まりになることがない。女性のエスコートがうまくて、三十四歳の男性である自分がうっかりときめくぐらいだ。そうかこんな風に距離を詰めれば相手に不快感を与えないのかと、動作の一々に拍手したくなる。

どこに住んでるの？　どこの学校？　彼氏いるの？　ねえ顔写真を見せてよ。そんな不埒《ふらち》なことを聞いてくる輩《やから》もいる中、昴の選ぶ話題は娯楽だったり食事だったり休日にあった変わったことだったりと、当たり障りがないのに充分に面白かった。幸い昴も月子を気に入ったようで、まるで恋人さながらにキャラクター同士がつきあい始めるまで、あまり時間はかからなかった。

すれ違う知人に挨拶し、仲を冷やかされ、それでも手は離さずに大通り沿いの店を眺めて歩く。棚にも敷物にもびっしりと小物を並べた目当ての店にたどり着くと、幸鷹は画面上部の「月子」と書かれた横に表示されたテキストボックスにカーソルを合わせて言葉を打ち込み始めた。

月子：ブレスレット欲しいんだー。まだ残ってるといいな。（つないだ手を上機嫌で前後に揺らす）

昴：このあいだもブレスレット買ってなかったっけ。

月子：こういう小物ってついコンプリートしたくなっちゃうんだよね。ね、昴もおそろいで買おうよ。

昴：えー、男でブレスレットってヤクザかサーファーっぽくないか。（笑いながら肩をすくめ、首を振り）それなら俺は眼鏡がいいな。ちょうど半額だし。

月子：じゃあ、色だけおそろい。

昴：月ちゃんおそろい好きだよなあ。

月子：お守りみたいで嬉しいもん。

アバター自体は手を上げ下げする、ものを差し出す、受け取る、手をつなぐ、などの簡単な動作の他は、何パターンかの表情を浮かべるぐらいしかできないので、細かい描写はセリフと一緒に書いて補うことになる。ちょっとした即興芝居のようなものだ。運営側が用意する場所の設定と、カスタマイズ可能なアバターと、セリフと動作。こんな情報量の少ないやりとりでも、慣れてしまえばドラマのような情景が頭に浮かび、本当にデートをしている気分になるから面白い。

お守り、という甘い単語を打ち込んだ瞬間、幸鷹は胸がしびれるのを感じた。こんな弱々しい願望を実際に生身の人間関係で放ったことなんて一度もない。昴はハイハイいいよ、と鷹揚《おうよう》にうなずき、月子が選んだブレスレットと同じ薄紫色の太ぶち眼鏡を手に取った。それぞれにゲーム内の通貨で支払いを済ませてアバターに装着する。かわいいかわいいと言い合ってまた手をつなぎ、マーケット会場を出て隣接する海へ向かった。海はこのゲームの中でも特に恋人たちや親密な者同士に向けて用意されたクローズドな場所で、オープンスペースとは異なりお互いのIDを入力した者同士にしか会話が表示されない。二人きりのチャットのような親密なやりとりが楽しめる。

日暮れの色に染まる砂浜を歩きながらとりとめのない話をした。ゲーム内では夕方っっぽい景色だが、実際の時刻はもう零時近い。話題はいつしか感傷的な、それぞれの内面にまつわる方向へと流れた。

最も古い記憶について、話し始めたのは昴の方だった。

「葬儀の手伝いかなにかで、ほとんどつきあいのない親戚の家に連れて行かれたんだ。大人はみんな忙しくて、子供なんて俺の他は赤ん坊ばかりでさ、途中からは一人で、物置みたいになってた二階の部屋に潜り込んで遊んでた。まだ小物が入ってる鏡台とか、開き癖のついた古い本とか、万年筆の字がにじんだ学生ノートとか、年月だったり生活だったりを感じさせるものに囲まれているとまるで誰かの秘密を覗《のぞ》いてるみたいでわくわくした。そうするうちに下の階が騒がしくなって、大人が俺を捜している声が聞こえた。呼ばれてるのにやけに遠くて、まるで違う世界の声みたいだった。階段を上って、俺のいる部屋におーいって声をかける人もいた。二階はクーラーもかかってないし、めちゃくちゃ暑いのに、汗だくで奥に隠れた俺は返事もしなかった。物置にしまわれている、もういらなくなったものの一つになった気分でぼうっとしてた。窓からすごくきれいな入道雲が見えた」

昴の語る体験は、幸鷹にも覚えのあるものだった。子供の頃、時々訪れたこの世から遊離する感覚。あれはなんだったんだろう。私もそれ知ってる、と月子に言わせ、少し考えて、よくわかんないまま死んじゃった子供ってあんな感じなのかなって思う、と付け足した。ふわっと置いていかれて、でもそんなにさみしくなくて、ぼうっとしてるの。昴は少し驚いた風に、面白いなあ、と笑った。

「月ちゃんの一番古い記憶ってなに？」

幸鷹は今まで使ったことのない頭の回路を働かせ、自分の意識の源泉を遡《さかのぼ》った。小さな自分が、ボールを持っている。母親に買ってもらったばかりの、ぴかぴか光る宝物みたいなボールだ。ちゃんと胸に抱いていたはずなのに、なにかの拍子に落としてしまう。ボールは弾み、ころころと車道へ転がっていく。大切なものが遠ざかることが悲しくて、慌てて後を追った。視界の端から車がやってくる。ボールがつぶされちゃう、と焦って足を速めた次の瞬間、ギイイイイイ！　とものすごい音が響き渡った。音が怖くなってまた走る。車道の反対側で止まっていたボールを急いで胸に抱きしめた。どうやら先ほどの轟音《ごうおん》は車のブレーキ音だったらしい。振り返ると、ぼろぼろと両目から涙をこぼした母親がものすごい勢いで駆け寄ってくるところだった。この馬鹿、死んじゃうところだったのよ！　馬鹿、馬鹿、よく周りを見なさい、あんたみたいな子はもう知らない！　叱《しか》られて、だってボールが危なかったんだ、お母さんに買ってもらえて嬉しかったんだ、怒ったらいやだ、とうまく訴えられずに空を見上げてわんわん泣いた。

時々相づちを交えつつ、画面に表示された思い出話を読み終えた昴は、しばらくしてからぽつりと短い返事をよこした。

「小さな月ちゃんは、一生懸命だったんだ」

そうなんだ、やり方はひどく間違っていたけれど、あのとき自分は本当に一生懸命だった。こんな機会でもなければ一生自覚しなかったかもしれない感情を汲《く》み取られ、まるで昴を気の置けない同居人か、血のつながった親族のように感じた。

ありがとう、と丁寧に礼を言って、月子を波打ち際へ向かわせた。潮風にスカートが翻《ひるがえ》るのを楽しみつつ、波を蹴散らしてくるりと回る（自分が華奢《きゃしゃ》な少女だったらこんな風に遊んでみたい、さぞ爽快《そうかい》な気分になるだろう、と幸鷹は思う）。水を含んだ砂を踏んでそばへ歩いてきた昴は、唐突にこんなことを言った。

「月ちゃんは、ほんとにかわいいな」

うへえ、と変な声が漏れた。動揺のあまり、キーボードに乗せた指先がぴりぴりと痺《しび》れる。心や意識の一端がねじれて変色していくような妙な気分で、かわいいの四文字を食い入るように見つめた。かわいいんだってよ、とビールの空き缶と脱ぎ捨てた服が散乱した一人暮らしの部屋で誰にともなく呟《つぶや》く。肌が沸騰しそうな感覚を、そのまま月子へ反映させた。

「えー！　なに、急にどうしたの！　照れちゃうよ」

「いや、ほんとにかわいい。たまにびっくりする」

「ありがとう。めちゃくちゃ嬉しい」

「ほら、そういう返事がぱっと出るところも、かわいい」

　昴のアバターがにこりと微笑《ほほえ》む。月子が惚《ほ》れる気持ちがわかる、と幸鷹はまるで彼女を自分から切り離した存在のように思った。気づかい上手で口説き上手で、昴のプレイヤーはさぞモテることだろう。うらやましい限りだ。昴は波打ち際で遊ぶ月子を眺めつつ、ゆっくりと切り出した。

「あのさ、俺、月ちゃんにお願いがあるんだ」

「なーに？」

「ちょっと、相談したいことがあって」

「うんうん」

「俺と、少しだけでいいから、実際に会ってくれないか」

　日時はなるべくそちらに合わせるし、会うのはカフェとかファミレスとか公共の場所だけ、誓って変なことはしない、と続ける。とっさの返事が浮かばず、幸鷹の指がぴたりと止まった。ただの人形に戻った月子は砂浜に立ち尽くし、微笑んだまま黙っている。

ありがとうございました、と駐車場の出口まで見送りに出た幸鷹は、四角い軽自動車の尻に頭を下げた。車体が走り去るのを待ってふうと一つ息を吐き、目が痛むほど鮮やかな青空を見上げる。遠くの空には、巨大な白雲が高くそそり立っていた。入道雲だ、と普段はあまり意識に上ることのない単語がぽんと浮かび、少し遅れて、それが昴が発した言葉だと気づいた。

文字でのデートを重ねるにつれて、お互いのボキャブラリーが共有されていく。それは、相手の目がどんな風に世界をとらえているか知っていくことに似ていた。月子が今までチャットの中で雲の名前を口にしたことは恐らくない。それは、幸鷹が雲を見ない人間だからだ。対して昴は雲はもちろん、空や木々などの自然物を表す言葉をよく使う。海へ手を浸したり、砂に靴の爪先《つまさき》を埋めたりという描写も多い。昴のプレイヤーがそういうことに関心を持ち、目を配っている人間だからだろう。文章はその内容以上に多くの書き手にまつわる情報を発信するものだ。視点、性格、五感のどれにより多くの比重を置いているか。昴は、町歩きの最中に月子がたびたび車を見ていることに気づいているだろうか。

ボーナスを見込んだ真夏の大セールのおかげで、午前中から客足は伸びている。今さっき中古車が売れたほか、ひと月以上交渉を重ねてきた新車も一台、かなり値切られたものの無事に契約が成立した。あとは近場に納車に向かうだけ、今日は予定通り定時で上がれそうだ。店舗の壁時計を見上げ、幸鷹はちらりと眉《まゆ》をひそめる。本当に行くのか？

店舗入り口のドアにつけた風鈴がちりりんと音を立て、新しい客の来店を告げる。いらっしゃいませ、と反射的に口から声が飛び出し、それまでの思考が押し流された。ネットに出てた車をちょっと見せて欲しいんだけど。はい、ご案内いたします。要望に細かな相づちを打ちつつ、幸鷹はよどみない動きで客を展示スペースへ誘導する。

お互いに、関東圏に住んでいることはプロフィール欄でわかっていた。最寄り駅までは明かさなかったものの、この辺は出やすい、この駅ならよく使う、などの断片的な情報をもとに選ばれた待ち合わせ場所は、休日によく買い物に出かけている大きな駅の改札口で、土地勘があるという意味ではありがたかった。人の流れが分かるため、目立たずに改札を見張れる位置もなんとなく分かる。

幸鷹は約束の十分前に改札から右手の方向にあるカフェの窓際の席に陣取った。ここなら改札前に留まる利用客が一望できる。夜はまだ浅く、駅構内は帰宅途中の勤め人や学生でごった返していた。とはいえ、明らかな人待ち顔で改札前に立っているのは十人程度で、その中で若い男は三人だった。イヤホンを耳に差し込んだ細身でおとなしげな真面目《まじめ》風、金髪で下唇にピアスのついたバンドマン風、文庫本を片手に眉間《みけん》にしわを寄せた哲学者風。いったいどれが昴だろう。

苦みの強いコーヒーを飲みながら、くだらないことをしている、と思う。今日納車に向かった先は、自分と同世代の夫婦の家だった。来月には二人目が生まれて手狭になるため、容量の大きいワゴン車に買い換えたのだという。仕事に出ている夫の代わりに、幸鷹はお腹の大きな妻を手伝って車の後部座席にチャイルドシートを設置した。自分も恋愛し、結婚し、子供が二人いたっておかしくない年齢なのだ。

指しゃぶりする上の子供をあやす妻の周囲の空気は、満ち足りた確かな人生を歩んでいる自負できらめいて見えた。それに比べて、性別も年齢も偽って構築したネット上の恋愛ごっこに没頭する自分の、なんて薄暗いことだろう。ましてや今後親しくする予定もない、見込みもない、相手プレイヤーの姿を覗き見ようだなんて、くだらないにもほどがある。くだらない、くだらない、くだらないのは百も承知で、それでも、月子が心を傾《かたむ》ける相手を確かめずにはいられなかった。

まず駅を去ったのは哲学者風だった。改札を出てきた同年代の男たちと交ざって繁華街へと消えていく。続いて、バンドマン風が思いがけず地味な女と手をつないで、駅構内のショッピングモールへ向かった。残る真面目風は、しきりにスマホを確認している。待ち人が来ないようだ。どうやら、あれが昴らしい。短く整えた黒髪と差し色の入ったオシャレ眼鏡、細い体つき、いかにもゲームが好きそうなインドア派だ。育ちが良く利発そうなので、きっと女友達が多く、女心に長《た》けているのだろう。とはいえ、どこにでもいる普通の青年だ。親しくなりたいとはこれっぽっちも思わず、いい具合にディスプレイ越しの彼へと抱いていた憧れや夢が目減りする。これで、居心地のよい沼のような深夜のやりとりから、抜け出せるかもしれない。

帰ろう、と腰を浮かせたところでテーブルにのせたスマホが光り、着信を示すメロディを発した。昴から、到着を伝えるメールだ。こちらはこちらで、親族が倒れていけなくなった、と月子から謝罪のメールを送らなければならない。画面に指を滑らせる。

【到着しました。緊張するなあ。こっちは金髪ショートに黒のTシャツ、デニムです】

金髪ショート？　怪訝《けげん》に思って顔を上げる。改札前では、イヤホンを外した真面目風がスマホを耳に当てて歩き去るところだった。そんな馬鹿な。他に青年は見当たらない。

もしかして柱の陰など、たまたま死角となる位置で待っているのだろうか。慌てて店を出て改札に近づき、周囲をぐるりと見回した。金なんて目立つ髪色は、少し出っ張った売店の横に立っている若い女の子しかいなかった。

昴は来ない。からかわれたんだ、ネット上の人間関係なんてそんなものだ、と苦笑いが頬《ほお》へ上る。そもそも、自分だって同じように嘘《うそ》をついてドタキャンするつもりだったんじゃないか。もしかしたら昴もまた物陰に隠れて、月子がどんな少女なのか覗こうとしているのかもしれない。好みじゃなかったら帰る、なんていうのはよく聞く話だ。

帰ろう、それともどこかで飲んでいこうか、と首を巡らせる。ふと、先ほどの金髪の女の子が目に留まった。髪筋を耳にひっかけた前髪短めのボブカット、装飾のないシンプルな黒いシャツ、ロールアップして足首を見せたインディゴのデニムに、迷彩柄の大きめのメッセンジャーバッグ。年頃は大学生ぐらいだろうか。どこか覚えのある服装に目が離せなくなる。すると唐突に少女が顔を上げ、目線が幸鷹と正面からぶつかった。しまった、見つめすぎた。なにしろこちらは身長百八十センチを超える大男だ。学生時代にアメフトのラインをやっていた名残《なごり》もあって、やたらとごつい。カーディーラーとして、押し出しの利く外見は客の信頼を勝ち取る大きな武器だが、こういう場面では最悪だ。怯《おび》えられる、下手《へた》すると通報される。

いや、と弁明するよう空《あ》いた片手を浮かせた次の瞬間、もう一方の手に持っていたスマホが光って高い電子音を響かせた。昴からの連絡かと目を向けたものの、届いたのはいつも遊んでいるネットゲームのサーバーメンテナンス終了の通知だった。なんだ、と拍子抜けした気分で画面を落とし、続いてどきりと心臓がはねる。今、全く同じタイミングで少女の手にしたスマホも光を放っていなかったか。少女は呆然《ぼうぜん》とした顔でこちらを見ている。

「……月ちゃん？」

明るいオレンジ色で彩られた唇が、幻の名を呼んだ。

丸いテーブルの中央に並んだ二つのアイスコーヒーが、ほとんど口をつけられないまま じわじわと氷を溶かしていく。

注文したきりうつむいて黙り込んだ少女のつむじを、幸鷹は見るともなしに眺めていた。根元まできれいに染髪された、光沢のある若い髪だ。教師と教え子ぐらいの年齢差がある二人が向き合っているのは、端からどんな風に見えるのだろう。胃が痛い。彼女がしゃべり出すのが恐ろしかった。どうしていい年してネカマなんかしてるんですか。彼女もしもそんな真っ直ぐな剣のような問いを放たれたら、まともに答えられる気が、しなくて。

やがて少女はぎこちない動きでコーヒーを一口飲み、濡《ぬ》れた下唇をぺろりと舐《な》めた。

「まさか、お互いに逆の性別だったなんて」

宙へ浮かんだ彼女の声は、ゆっくりと落ちて消えていく。幸鷹が受け取らないからだ。口を開きたくない、と強く思う。恥もあるし、みじめさもあるが、なにより、昴という存在の前で声を出したくない。低くかすれた、明らかな男の声を。

金髪の少女はちらりと幸鷹を見やり、少し考え込んでまた口を開いた。

「俺に幻滅した？」

「やめてくれ。気味の悪い芝居をしないでくれ」

わざとらしい男言葉に、抵抗よりも嫌悪感が先立ってつい喋《しゃべ》ってしまった。少女はきゅっと唇をすぼめる。居たたまれなさが増し、逃げ出したくてたまらない。どうしようか。短い迷いの末、幸鷹はさも迷惑だといわんばかりに大仰な溜《た》め息《いき》をついた。

「それで、相談事ってなんなんだ。とはいえ、君はあのゲームをやっている女性ユーザーに話を聞きたかったんだろう？　じゃあ俺にもう用はないはずだ。帰るよ」

「ちょっと待ってください」

少女は思いがけず強い声で幸鷹を引き留めた。

「お、わ、私が会いたかったのは、月ちゃんだけです。あなたが月ちゃんなら、あなたです」

「……いったい月子に、なんの用なんだ」

一度口をつぐみ、言葉を溜め、少女は一息で切り出した。

「月ちゃんと昴の、小説を書かせてください」

「小説？」

はい、と真っ直ぐにこちらを見たままうなずき、少女はメッセンジャーバッグから一枚のプリントを取り出した。どこかの出版社のホームページを印刷したものらしい。恋愛小説文学賞、とページの上部に仰々しい字体で書かれていた。募集内容は恋愛小説全般、プロアマ問わず、未発表の長編小説に限る。締め切りは年の瀬だった。

「なにを書こうってずっと迷ってきました。なかなか主人公が決まらなくて、自信のない屈折したヒロインがイケメンに見初められて、みたいなよくある設定から抜け出せなくて……。でも、月ちゃんを書こうって思った途端、新しい風がさあっと吹き込んだみたいに、全然違う話が動き出したんです。お願いです、これからも月ちゃんと会わせてください。そして、月ちゃんをもとにお話を書く許可をください」

「許可って……」

勝手に書けばいいじゃないか、と思う。けれど、彼女の目は真剣だ。まるで生きた取材対象者へするように月子の許可と協力を求めている。一つの生きた人格として、尊重している。

「……いいよ、好きにすればいい。ただの気まぐれで始めたものだけど、誰かの役に立てるなら、俺もこの遊びが無駄じゃなかったって思える」

別にのめり込んでいるわけじゃないんだと、ついつい口調が言い訳じみる。少女は意表を突かれたように目を見開いた。またわずかに唇をすぼめ、申し訳なさそうに切り出す。

「あの、もしかして昴が好みじゃないとか……月ちゃんにいやいや付き合ってもらってるなら、もっと違った感じのキャラクターを」

「ああ違うんだ、無駄ってそういう意味じゃない。こっちの話だ。すまない。昴のことは好きだよ」

本当に自然に、ぽろりと口からこぼれて恥ずかしくなった。少女はみるみる表情を輝かせ、はい、嬉しそうに頷《うなず》いた。

湯上がりにビールを一本冷蔵庫から持ってきて、パソコンの電源をつける。起動を待つ間にプルタブを起こし、よく冷えた初めの一口を喉《のど》へ流し込む。昨日までは楽しい時間の始まりを告げる至福の瞬間だったのに、今日は少し胃が重い。幸鷹は口の中で爆《は》ぜるビールの刺激を舌でなぞりつつ、明かりをともしていくディスプレイをぼんやりと見つめた。

オンラインゲームを始めた頃は、他のプレイヤーとの交流なんてどうでもいいと思っていた。もともと町を作ったり店舗を経営したりとコツコツやり込むタイプのゲームが好きで、ネット空間に自在に家を作れる、内装にこだわり、家具をそろえ、畑も耕せる、自分の写《うつ》し身《み》であるアバターの靴まで凝ることができるという触れ込みに惹《ひ》かれ、本来の自分の外見を模した平凡な男性アバターを作成して遊び始めた。プレイを進めるにつれて、どうやら珍しいアイテムを獲得するには仲間と協力してクエストを攻略したり、町を出てモンスターを倒したりと、他のプレイヤーとの交流が不可欠なことを知った。可もなく不可もなく必要な範囲での付き合いを維持していくうちに、気の合うやつも、逆にこいつは苦手だというやつも出てきた。

ある日、ゲームの腕もプレイする時間帯も近く、よく一緒にモンスター退治に出かけていた男性アバターが、めちゃくちゃかわいい子と知り合った、と浮かれたメッセージを送ってきた。その子も今度一緒にクエストに行くから、と強引に決められ、幸鷹もその女性アバターと対面した。彼女はふわふわした紫色の髪から白い猫耳を覗かせ、ミニスカートのメイド服を着て、語尾にはニャーがついていた。まったく背後のプレイヤーがどんな人間なのか分からないキャラクター性に啞然《あぜん》とし、また、そんな不自然の塊みたいな彼女にめろめろになっている知人にも驚いた。このゲームにはこんな遊び方があったのか、と目をこじ開けられた気分だった。

猫耳女を、きっと甘えん坊でちょっと自分に自信がない女子大生だ、俺が守ってあげないと、と力説する知人にさめた相づちを打ちながら、俺ならもっとかわいい女の子を作れるんじゃないか、と頭の隅を小さな悪魔がよぎるまで、そう時間はかからなかった。なんていったって凝り性だ。密な作り込みには自信がある。

髪は、長い方がいい（伸ばしたことがないから）。体は華奢に、柔らかく（昔から運動をしていたため、そんな時期は自分にはなかった）。白い軽やかなキャミワンピースを着せよう（人生で一度も着ずに死ぬ自信がある）。ウェッジソールのサンダルや桜色のネイル、細いゴールドのネックレス。しゃべり方はあくまで明快に、少しオーバーなくらいに喜怒哀楽を分かりやすく。幼すぎるのも大人すぎるのもつまらない、両方の要素を併せ持つ十七歳ぐらいがいいだろう。凝れば凝るほど少女は少女らしさを増し、不思議な引力を放ち始めた。

月子と名付けたそのアバターを初めて操作してゲーム内の町を歩き、それまで一度も入ったことがなかったスイーツショップでケーキを食べたときのむずがゆい感覚は今でも忘れられない。自分を飾ること、力ではなく魅力を積み上げること、美しさを堂々と楽しむこと。月子でいればいるほど、今まで存在すら知らなかった意識のドアが開き、世界が広がっていくのを感じた。

清純派美少女っぽい外見がよかったのか、ナンパは山ほどされた。面白いのが、月子の視点に慣れるにつれて、今までなんとも思わなかった男性アバター達の言動を粗野に感じ始めたことだ。一方的な好意、それが受け入れられないと知ったときの苛《か》烈《れつ》な嫌悪、女性プレイヤーだろうという憶測のもとで放たれる下品な揶《や》揄《ゆ》。人間は、同性よりも異性を前にした時の方が感情の調律が狂うものなのかもしれない。ということは、日常生活で自分が相対している女性もまた、同性ばかりの場に比べて感情に乱れが生じているのだろうか。

そんなことを考えていたからこそ、まったく言動に違和感を覚えず、月子にすっと寄り添ってきた昴との出会いは大きな感動をはらんでいた。

立ち上がったパソコンのディスプレイに表示されたアイコンをクリックし、毎日起動しているゲームへログインする。ホーム画面には現在の月子のプロフィールと家や畑などの状況の他、他のプレイヤーから届いたメッセージや知り合いのログイン状況が表示されている。習慣として、昴のアイコンを探した。彼のアイコンは緑色に点灯している。ログイン中だ。こちらのログインに気付いてか、すぐに昴からメッセージが届いた。

昴：今日はどうも。会えて嬉しかった。

プレイヤーが女だと明かしたにもかかわらず、昴は男性的な言葉づかいを選んでいた。ゲーム上では、あくまで男性としてふるまい続けるつもりなのだろう。幸鷹は少し迷って、キーボードに指を乗せた。

月子：どうも。それで、どうすればいいの？

昴：これまでと同じように、負担にならない範囲で俺とデートして欲しい。一応小説の設定として、月ちゃんは夏休みの間だけ田舎町《いなかまち》にやってきて、俺と二ヶ月間だけ恋をして何らかの理由でまたいなくなってしまうミステリアスな女の子ってのは考えてる。だけど、あんまり意識しないでいいから。月ちゃんとのやり取りの中で、小説に使いたいところだけ拾わせてもらう。

月子：わかった。だけどさ。

幸鷹のなかで、苦しげにあえぐ心がある。指が、まるで自分のものではないようにキーを叩《たた》いた。

月子：今まで私と仲良くしてくれたのは小説のネタ探しだったの？

昴は間髪入れずに返事をよこした。

昴：違う。順序が逆だ。
月子：逆って？
昴：月ちゃんに会って、俺は本当に久しぶりに、小説を書こうって思えたんだ。
月子：久しぶりにってことは、前も書いてたってこと？
昴：そう、全然上手《うま》くいかなかったけど。

若者らしい話だな、と幸鷹は思う。小説の投稿、バンド活動、劇団への所属。幸鷹が学生だった頃にも、そういう創造的な活動を熱心に行う同輩はたくさんいた。年月が経《た》つにつれて一人辞め、二人辞め、今ではほとんど周りに残っていない。きっと仕事だの家庭だので忙しすぎるのだろう。夢を追うこと以外の、日々の幸福を拾い集めて生きていく能力を身につけたのかもしれない。

昴：俺、今けっこう大事なこと言ったんだけど気づいてる？
月子：え、なに？　どういうこと？
昴：月ちゃんは俺にとって、女神様だってこと。

幸鷹は思わず目を剝《む》いた。ディスプレイの向こうにいるのがごついオッサンだって判明したばかりなのによく言うな、と心の底から感心する。昴は、いや、結局名前も聞かなかった昴のプレイヤーは、やっぱりどこか特別だ。

月子：昴はすごいよ。変わってる。
昴：俺も、さっき同じこと思った。
月子：え？

昴：やっぱ月ちゃんはすごいな、かわいいなって。
月子：ふざけてるでしょう。
昴：まさか。

インスタントメッセージのやりとりを切り上げ、川沿いの散歩道をイメージしたゲームのフィールドへ入った。昴は自然な動作で手を差し出し、月子もその手をつかむ。二人並んで歩調を合わせ、とりとめのない甘い会話を続けた。こんな特別なことが続くはずないんだ、と幸鷹は思う。だから、二ヶ月で月子がいなくなるというシナリオはきっと現実的で正しい。月子はどうして自分のところにやってきて、どんな風に消えるのだろう。暮れゆく道を行きながら、初めてそんなことを考えた。

関東よりも体感気温が三度ほど低いホームに降りたときから、心臓のあたりにざわつきを感じた。光の塊のような新幹線がなめらかに背後を走り去る。改札を抜け、人の流れに沿って通りを進む。ほどなくして目の前に威圧感のある大きな四角い建物が現れた。なるべく考えを止めて歩き続け、広くとられた入り口のガラス戸を押す。
建物の中に入った瞬間、肌がぴりっと痺れた気がした。高く明るい天井に、塩化ビニル製のシートが貼《は》られた光沢のある床。いくつものブースに分けられた巨大な受付カウンターと、初診の外来患者がずらりと座った待合椅子《いす》。ロビーを足早に行き来する白衣姿の医者や看護師、その半分以下の速度で点滴棒を押してゆっくりと進む寝間着姿の入院患者。親に抱かれてロビー内のコンビニでお菓子を選ぶ子供の鼻には、なんらかの処置に必要なのだろう細い管が入っている。どこに目を向けても大なり小なりの痛みや不自由を感じる、病院という場所は子供の頃から苦手だった。

カウンターで手続きを済ませ、見舞客であることを示す番号付きのタグをもらってエレベーターホールへ向かう。長い時間をかけてようやく二十階から降りてきたカゴ室に乗り込み、後からやってきた車椅子の患者のために扉の「開」ボタンを押した。母の病室は、八〇五号室だと聞いている。

入院患者専用の高層階は、外来患者が行き交う一階から三階に比べて驚くほど静かだ。廊下を遠ざかる看護師の足音が数十メートル先まで伸びていく。心持ち静かに足を運ぶよう気をつけながら、幸鷹は目当ての病室へたどり着いた。入り口のスライドドアは開いたまま固定され、その隣には幸鷹の母ともう一人別の患者の名前が手書きの文字で掲示されている。中を覗き込むと、二つずつ向かい合わせに並べられた四つのベッドのうち、窓際のベッドのそばに伯母《おば》が座っているのが見えた。

ベッド横に束ねられた仕切りのカーテンに遮《さえぎ》られ、母の姿はここからは見えない。他のベッドは二つが空きでシーツが取り払われ、もう一つは眠っているのか、ベッドの周りにぐるりとカーテンが引かれていた。幸鷹はかける言葉に迷いつつ、奥のベッドへ歩み寄った。

「おう」

「あ、ゆきちゃん」

まずは伯母が振り返った。話し好きで押しの強い、少し苦手な親族だ。ども、とくぐもった会釈をして、カーテンの奥へ目を向ける。最後に会った半年前よりもいくらか白髪が増えて小柄になった母がベッドから足を下ろして座っていた。心の端が、痛みを伴ってじわりとほどける。唐突に、脈絡もなく、自分を責めてしまう。

「来たの」

「うん。具合はどうですか」

「たいしたことないよ。つまんないから早く退院したい」

入院のために買ったのだろう、新しそうなチェック柄のパジャマを着ている。手首には数字とバーコードが印字された、紙のリストバンドを回していた。部屋の端に畳んで置いてあったパイプ椅子を持ってきて、伯母の隣に座る。

母に癌が見つかったのは二度目だ。三十代で胃癌を患い胃の三分の一を切除し、先月還暦を迎えた記念に人間ドックにかかったところ、左胸に癌が見つかった。幸いそれほど病状は重くなく小規模の手術で腫瘍《しゅよう》は摘出できたものの、しばらくは放射線治療を続けていくらしい。

お見舞い、と差し出したフルーツゼリーを受け取りながら、母は肩を揺らしてさもおかしげに笑った。

「大げさなんだよ。誰だってかかる病気なんだからさあ」

「まあでも、食べてよ」

「はいはいありがとうね。あー、笑うと傷が痛い。笑わせないでよ」

温かく乾いた風のような愛情で、一人息子を大切に大切に育ててくれた。そう分かっているからこそ、母に会うのはいつも気が重かった。彼女が衰えていくところを見るのも、実家から遠ざかるにつれて自由を感じる自分を直視することも。父のこと、畑のこと、仕事のことなど、話題は十分程度で尽きてしまい、また来るよと席を立つ。自販機でお茶を買うという伯母が、エレベーターホールまでついてきた。

「ゆきちゃんあのね、ああは言ってるけど私と二人きりの時はゆきちゃんの心配ばかりしてるんだからね。いい加減お嫁さんを見つけて安心させてあげなさいよ。孫の入学式までは死ねないっていうのがのんちゃんの口癖なんだから」

わかってるよ、忙しくて出会いがないんだ、と答えるのが精一杯だった。のろのろとやってきたエレベーターに乗り込み、扉が閉まると同時に深々と息を吐く。伯母に悪気がないことは分かっている。

白いエレベーターの壁に、五年前に別れた彼女の顔が浮かんだ。そろそろどう？　という申し出に従ってあのまま結婚していたら、話は違ったのだろうか。でも、彼女とはなにかが合わなかった。かわいくて家庭的ないい子だったけれど、一緒にいると自分とは違う、物事に動じないたくましい人間のフリをしなければいけない気分になった。ごつい外見のせいか、そんな性格であることを期待されているのがありありと伝わってきた。自分も彼女を喜ばせたくて、期待につい応じてしまった。

思えば実家にいた頃も、厳格な父に認められようと過剰に剛胆なふるまいを無理して選ぶことが多かった。それが気詰まりになって家を出たのに、結婚でまた同じ檻《おり》に入ると思ったら、別れを切り出さずにはいられなかった。

とはいえ、衰えていく母親の期待を裏切り続ける覚悟もない。それは恐ろしい罪だ、と意識の奥底から警鐘が鳴る。だからきっと、数年のうちに自分は適当な女性を見繕って結婚し、子供をもうけるのだろう。

まるで宿題に追われる子供の気分で病院を出て、溜め息交じりに空を見上げる。よく晴れた色の薄い空に、小さく丸みを帯びた雲がおはじきをまいたように散らばっていた。うろこ雲だ、と少し遅れて名称を思い出す。先日、夏の終わりを噛《か》みしめるように昴がセリフの中で使っていた。秋を代表する雲で、うろこ雲の後には雨がやってくるらしい。

夏の間に、二人はいろいろな場面設定で遊んだ。放課後の学校、真昼の図書館、夜の河川敷、夏祭り。ゲーム内での芝居とはいえ、味わったことのない女子高生の夏休みを幸鷹は存分に楽しんだ。膝上《ひざうえ》で揺れるスカートや二段重ねのアイスクリーム、サンダルの爪先から覗く足の爪をカラフルに塗ること。飾ることは、自分を慈しむことに似ていた。コンビニでアイスコーヒーを買った帰り、神社の境内で昴からキスをされた。昴のプレイヤーが女だと分かっているせいかそれほど嫌悪感はなく、むしろ月子として弾む心の方が強かった。

自分は女に生まれればよかったんだろうか。なんの解決にもならない思いつきにげんなりしたところで、トラウザーパンツのポケットに入れたスマホがメロディを発した。昴から、半分まで書き上がった小説を読んで欲しいという申し出だった。出来れば直《じか》に顔を合わせて月子がいなくなる理由を相談したいとのことだったので、次の週末に前に使ったのと同じカフェを指定した。

る。空の高みは風が出ているらしく、うろこ雲はだんだんにじんで流れていく。夏が終わる。応募締め切りが来る。猶予期間が過ぎる。月子を、消さなければならない。

窓際のテーブル席で、昴のプレイヤーは蛍光オレンジのイヤホンを耳に差し込み、プリントアウトされた学術論文っぽいレイアウトの書類を赤ペン片手に読み込んでいた。きっと大学の課題だろう。しばらく横に立っていても気づく様子がないので肩を叩いてみる。振り向いた少女はぱっと目を見開き、慌てた様子でメッセンジャーバッグに書類をしまった。

「すみません、時間になったの気づかなくて」

「いや、来たばかりだ」

向かいの席へ腰を下ろす。前に会ったときにはスーツだったけれど、今日は家からそのまま来たので普通のストライプシャツにチノパンだ。少女は紺のVネックシャツにベージュのガウチョパンツを合わせている。目立つ金色の髪と、それに比べて落ち着いた服装がほどよくマッチして似合っていた。月子の服選びのための知識を仕入れるうちに、レディースファッションにもだいぶ詳しくなった。

「これが、今まで書き上がったところです。出会いから、八月の中旬に月ちゃんが別れを匂わせるまで」

少女はメッセンジャーバッグからクリアファイルを取り出して幸鷹に渡した。中には小説を縦書きの二段組みで印字したA4用紙が二十枚ほど挟まれている。

「今ここで読んだ方がいいの？」

仕事柄、資料に急いで目を通すことには慣れている。問いかけに少女は少しうろたえた様子で「あ、いえ」と呟き、続けて「お願いします」と頭を下げた。どっちなんだ。よく分からないまま、店員にコーヒーを注文して小説の束を取り出す。

冒頭の一行目から、獰猛《どうもう》に茂った草の匂いが紙面からあふれ出してくるような文章だった。日差しを反射してぎらぎらと光るアスファルト、網膜へ焼き付く青い空、巨大な入道雲。瑞々《みずみず》しい描写が次々と連なり、豊かな夏の世界を描き出している。ああこれは昴の目線だ、と既視感を覚えつつ、想像以上の文章力に圧されてページをめくった。物語の主人公は昴で、なんの目標も意志もなくだらりと田舎町で生きていた彼が夏休み直前に転校してきた月子と出会い、恋に落ち、さまざまなクラス内の恋愛事情に翻弄《ほんろう》されながらも彼女と関係を深めていくのが主な筋立てだった。月子がどこから来たのか、なぜこの町にやってきたのか、誰も知らない。物語は常にそこはかとない別れの予感を漂わせていて、月子が抱えた秘密を解明することが後半の鍵となっている。

昴と月子の言葉のやりとりや、作中で描かれるデートの風景には見覚えのある箇所もあり、幸鷹は照れくささで緩《ゆる》む顔を押さえるため、途中から口の内側を嚙んでいなければならなかった。

二十分ほどで読み終え、顔を上げる。静かにしていると思ったら、金髪の少女は再び手元に書類を広げて作業をしていた。すぐに幸鷹の目線に気づいて赤ペンを置き、心持ち緊張した面持ちで、どうですか、と問うてくる。

「いいんじゃないか？　きれいだと思う。普段あんまり小説とか読まないけど、ちゃんと最後まで読めたし、学生時代を思い出して懐かしかった」

「月ちゃんが書かれて嫌だったところとか……」

「それはない、大丈夫。それで、月子が最後にいなくなる理由に迷ってるって？」

「あの、それなんですけど。月ちゃんは、モデルになったキャラクターとかあるんですか？　展開のヒントにしたいので、プレイヤーさんがどんな風に月ちゃんを作ったのか、よければ聞かせてください」

プレイヤーさん、と言いながら少女はてのひらで幸鷹を示した。お互いに名乗り合っていないので、自然とこういう動作が出る。幸鷹はあっさりと首を振った。

「モデルなんていないよ。どんな風にって言われても、特別なことはなにも。ある日ふっと、女性アバターも作ってみるかって思っただけだ」

「ふっと……それで、あんな風に作れちゃうものですか」

少し目を見開いた彼女は、礼儀正しい口調で質問を重ねる。

「プレイヤーさんは男性なのに、女性アバターを作ろうと思ったのはなぜですか？」

「なんだよ、お前は変態かって？」

真っ正面から向けられた問いかけに、悪気はないと分かっていても自意識がひりりと痛んだ。少女は慌てたように首を振る。

「まさか。そんなことを言ったら、私もそうですし」

「理由なんかないよ。試しに作ってみたらうまくいって、男どもの反応が面白いからなんとなく続けていただけだ。別に、いつやめたって良かった」

誤解を迷惑がるそぶりで肩をすくめ、少し笑ってなめらかに言い切る。君はそうでも、俺は変態じゃないんだ、と言外に念を押す。少女は口をつぐんだ。言葉に迷う顔を眺めるうちに、舌にじわりと苦みが広がった。

ああ、俺はこんな芝居を繰り返してきたんだ。父親に、母親に、同級生に、恋人に、少しでも高く見積もられたくて、軽んじられそうな隙《すき》が生じたときには、それは誤解だと首を振って、その場その場で取り繕ってきた。月子がここにいたならまず一番に、昴に感謝を伝えるはずだ。あなたに会えてとても嬉しい、楽しい時間をありがとう、と。

少女はこちらと目を合わせるのを避けるそぶりでコーヒーに口をつけた。白い指が慎重にカップをソーサーへ戻し、一瞬迷って、テーブルの上に置かれた小説の束をめくり始める。

「じゃあ、月ちゃんは、いついなくなってもおかしくなかったんですね。……どうしようかな」

「どうしようって？」

「どう小説に反映させようかなって」

「させなくたっていいだろ。そんな、わざわざ」

「いえ、なるべく昴と月ちゃんの関係性を忠実に再現したいんです。月ちゃんがそれほど付き合いに熱心じゃなかったなら、それは昴には辛《つら》いことだけど、その気持ちの格差が月ちゃんを魅力的に見せた一因だったのかもしれないし」

「……前から不思議だったんだけど、月子のどこがそんなにいいんだ？　ただの普通の女の子だろう」

「うーん」

天井を見上げ、少女は言葉を探すよう考え込んだ。

「月ちゃんは、すごく楽しそうに見えたんです。なにをやるのも、どこに行くのも。月ちゃんを見ていると、私にとっては当たり前で、時々重荷にすら感じる女性っていう性は面白いものなんだ、もっと楽しんでいいんだって教えてもらっている気分になりました。生き生きしていて、光みたいなものがあふれていて、一緒にいると楽しくて仕方なかった。男にずっと憧れてたけど、女も悪くないんだって初めて思えた。だから昴は……私の中の、誰の前にも出てこない秘密の男の子は、月ちゃんにメロメロなんです。

──でも、こちらの独りよがりだったみたい。ごめんなさい。そういう少し残酷な展開も、説得力はあると思う。現実って、そんなものだし」

短い金髪を耳にかけ直し、まるで修正する箇所を掘り出そうとするように赤ペンを取った。美しい完璧な夏の日々に赤が入れられる。自分の醜さが、弱さが、月子と昴を汚してしまう。あ、と思う間もなく、幸鷹は彼女の手をつかんでいた。

「直さなくていい」

「でも」

見開かれた目をじっと見つめ、幸鷹は大きく息を吐いた。

「いいんだ、このままで」

つかみ取った手から、みるみる力が抜けていく。一度握られた赤ペンがふらりと揺らぎ、軽い音を立ててテーブルに落ちた。

よかった、となにかをこらえるように奥歯を嚙んだ少女の呟きは低くかすれ、まるでこの世にはいない少年の声みたいな、甘い響きを持っていた。

風呂から上がり、着慣れたスウェットの上下を着て、ビール片手にパソコン前の定位置に座る。幸鷹は明かりを落とした真っ暗なディスプレイをしばらく眺めた。中央には、見たくもない自分の顔が白っぽいぼやけた像を結んでいる。

月子が最後にどこへ行ってしまうのか、金髪の少女との打ち合わせの中で答えは出なかった。ただ、行く先は分からなくても、どこから来たかは幸鷹には分かる。ビールのプルタブを起こすより先に、両手を軽くキーボードに乗せた。右手の小指はエンターキー、人差し指はアルファベットのIの辺りを押さえ、左手の親指はスペースキー、薬指はAのキーに触れる。これが、キータッチにおける自分の手癖だ。高額商品を売買する仕事柄、顧客の目線を集めやすい指先は意識的に手入れをしている。爪は短く、ささくれも丁寧に切ってある。この十本の指から、月子が生まれた。

パソコンの電源をつけ、現実と表裏の位置にある幻の世界にアクセスする。少し考えて、いつものゲームにログインするのではなく、お気に入りフォルダに入っているウェブサイトを閲覧して回った。車の情報サイトやゲームのレビューサイト、ボーナスが出たら買おうと思っている欧州ワインの紹介サイト。月子のために登録したサイトも多い。レディースファッションの解説サイト、流行の服が豊富に見られる通販サイト、女性の悩み相談サイト。

自分がサイトで目にしてきたあらゆる文章は、この世界のどこかに暮らす十本の指(時にはそれより多かったり、少なかったりする本数の指)が一文字ずつ打ち込んできたのだ。打っている人間の顔も名前も年齢も知らないのに、仕事や性格、思想信条、隠された魂に、気づかないまま触れている。自分が没頭しているインターネットとは、きっとそういう場所なのだろう。

ネット掲示板での交流が特に流行《はや》っていた自分の学生時代を思い出しながら、幸鷹は十数年ぶりに適当な大型掲示板に入ってスレッドを立てた。タイトルや話題を決める段階で短く悩む。向こう側を見てみたい、と思う。このディスプレイの向こう側を。

ただ、指を見せてくれなんて募集をかけても気味悪がられるだけだろう。だから、月子に任せることにした。上手く寝つけなかった十七歳の女の子が、こんな静かな真夜中にインターネット回線の向こう側の他人と交流を持とうとしたら、どんな呼びかけをするだろう。きっとそれほど言葉は練らず、直感でどんどん書き込んでいくはずだ。

『手が大好きなので、いま起きてる人の手の画像をください！』

タイトルを決めてしまえば、あとはスムーズだった。月子の呼びかけに、男性を中心とした様々な手の画像が掲示板にアップされていく。血色のいい手、不健康な手、清潔な手、荒れた手、薄い手、分厚い手、年若い手、老いのにじむ手。この手の持ち主たちは、もし町で実際に会ったなら、けっして幸鷹に向かってこんな風に自分の手を差し出したりしないはずだ。そんな無意味で、幼稚で、くだらない、距離の近すぎることを通りすがりの他人には行わないだろう。そう思えばこそ、悪ふざけに付き合ってくれる手の一つ一つがありがたくて嬉しかった。

投稿される写真に月子としてコメントを返すたび、胸の内側にちかちかと光がまたたく。爪がきれい、指が長い、たくましい。ずらりと並んだ手からそれぞれの暮らしや背景がにじむ特徴を探して、肯定的な意見を述べる。月子はそういう子だ。悔いや恥にまみれて重くなった俺と違って、自分や他人のことがきらいではないのだ。そんな魂がまだ自分の中に残っていたことに、幸鷹は驚いてしまう。

スレッドが二百コメントほど進んだ辺りで、あなたの手も見せてよ、とユーザーの一人から声をかけられた。無理だ、と幸鷹は苦笑する。どれだけ指を整えているとはいえ、自分の手はまごうかたなき男の手だ。手の甲の中心を太い骨がつらぬき、ぼこりと血管が隆起している。

　少し考えて、荒れているから見せたくない、と断った。これだけでは断る理由として弱いかと、手荒れを気にする恋人に手をつないでと申し出る勇気がでない、とさらに目眩《くら め》ましになりそうな設定を書き足す。月子のキャラクター作りの過程で分かったことだが、恋愛と身体のコンプレックスは十代の悩みの花だ。すぐに嵐のような返信が押し寄せた。幸いどのユーザーも月子が手を見せるか見せないかよりも、月子の臆病な恋の方に視点が移っていた。ひどい彼氏、あなたも勇気を出すべきだ、なにも恥ずかしいことじゃない、手荒れにはこの薬がおすすめだよ。

　適当な相づちを打っていくうちに、週末のデートで居もしない彼氏に手をつないで欲しいと申し出ることになってしまった。まあ、デートは上手くいかなかったことにして、このままスレッドからフェードアウトするとしよう。実際の予定としてはデートではなく、金髪の少女との打ち合わせが入っている。

　昴との関係性も変わったものだ、としみじみ思う。かつては認めたくないけれども恋をしていた。夢中で、ただひたすらに焦がれていた。それが今ではとても大切な作品の、信頼できる共同制作者だ。ゲーム内でのデートも純粋な楽しみだけではなく、作品の参考になるかどうかという視点が交ざるようになった。それがいいことなのか、悪いことなのかはわからない。

わからない、と思った途端に、ぴりっとこめかみを駆けるものがあった。やっぱり月子と昴は離れるべきなのだ。温かい嵐のような衝動に任せてゲームにログインし、昴に長いメッセージを送る。

送信ボタンをクリックしたときには深夜一時を回っていた。そろそろ休まなければ、明日に差し支える。幸鷹はパソコンの電源を落とし、いつの間にか空になっていたビールの缶を手に台所へ向かった。ついでに流しに残っていた食器を洗い、濡れた手をハンドタオルでぬぐう。

ふと、自分の手が目に入った。ごつごつと関節の浮き出た、手首の太い、平凡な男の手だ。

それでも、やっとわかりかけてきたものを手放さなければ、月子はこの手を褒《ほ》めてくれる気がする。照明を消して寝床へ入る。いつか昴と辿《たど》った夕暮れの道を、長い黒髪を揺らすワンピース姿の少女と歩く夢を見た。

行かなきゃならない、と荷物をトランクに詰めた月子は言った。

「駅で、お父さんとお母さんが待ってる。もう元の生活に戻らなきゃ」

昴は月子の手をつかみ、何度も何度も首を振った。

「ずっとこっちで暮らせばいい。今まで通りばあちゃんの家に住んで、俺たちと同じ学校でさ。親の仕事の都合でしょっちゅう学校変わるの嫌だって言ってたじゃないか」

「それは嫌だけど、仕方ないの」

「なんだよそれ、いい子のふりするのやめろよ……月ちゃんはいったいどうしたいの。言ってよ。そしたら俺、どんなことだってする。なんだって叶えてみせる」

月子は嬉しそうに昴の手を握り返し、ゆらゆらと左右に揺らした。

「いい子のふりじゃないよ。お父さんとお母さんが好きなの。だから、今はなるべくあの人たちの生き方を肯定して、一緒に生きていたい」

「……俺より好きなの？」

あはははっ、と月子は日暮れの空に高く笑い声を響かせた。

「昴はばかだなあ」

「ばかだよ。真面目に答えろよ」

「お願いがあるの」

「なに」

「私が大人になって、髪形も、服も、メイクも、仕事も、住む場所も、ぜーんぶ自分で選べるようになったら、もう一度私を好きになって。たくさんの人の中から私を選んで。私、きっと昴が一緒にいたいって思うような素敵な女性になるよ。だから昴も、かっこいい大人になって。……大好きだよ。楽しみに待ってる」

駅前で、二人は月子の祖母の家からずっとつないできた手をほどいた。離れ際、唐突に胸ぐらをつかまれてつんのめった昴の口に、月子の口ががつっとぶつかった。失敗して痛がる彼女に、素敵な女性は駅前で歯をぶつけたりしないんだよ、と昴は茶化して笑う。それから周囲に知り合いがいないことを確認し、慎重に彼女の頬へ唇を当てた。月子を乗せた特急列車が遠ざかるのを、駅のそばの歩道橋から見送った。

最後の一枚を読み終えた幸鷹は、知らず知らず浅くなっていた呼吸をほどいて大きく深呼吸をした。まだ夏の終わりの駅前に立っている気分だ。目の奥に特急列車のライトの残像がこびりついている。

顔を上げると、そこではつつけば崩れそうなくらいに緊張した面持ちの少女が、アイスコーヒーのグラスに刺さったストローを嚙みつぶしていた。幸鷹と目が合い、びくんと両肩が跳ね上がる。

「ど、どうで……しょうか。私、ずっと前から小説は書いてたんですけど、こういう風に最後までしっかり書き上げられたの、初めてで……」

「……昴、さん」

「はい！」

「月子に会ってくれて、大切にしてくれて、ありがとう。この話は、俺の宝物だ」

「……私こそ。ほんとに、私こそなんです。ありがとうございました」

テーブル越しに片手を差し出す。すると彼女は、力強く幸鷹の手を握り返した。血と肉を持つ昴と、初めて手をつないでいる。それとも自分は今、月子と握手をしているのかもしれない。

「なあ、写真を撮っていいかな」

「え？」

「いや、君の顔とかじゃなくてさ。この、二人で握手してる手。記念に。――ほら、もう終わりだろう？」

「ああそうか。そうですね……はい、大丈夫です。私も撮りたい。あ、待って待って」

金髪の少女は一度つないだ手をほどくと、メッセンジャーバッグから小さな包みを取り出した。どこかの雑貨屋のものらしい洒落《しゃれ》たラッピングだ。

「ほんとは、初めに会った日に渡そうと思ってたんです。ちょっと、浮かれてた自分が恥ずかしくて、なかなか切り出せなかったんですけど」

　包みから出てきたのは、発色のいい薄紫色の蠟引《ろうび》き紐《ひも》をより合わせて作ったシンプルなブレスレットだった。

「月ちゃんの好みがわからなかったので、一番スタンダードなデザインを選びました。たまたまですけどユニセックスのやつなんで、ちゃんとつけられると思います。……受け取ってもらえませんか」

「俺に？」

「はい」

　少女は照れ混じりに笑い、拒む余地を残した動きでブレスレットを幸鷹の手首に回した。充分に調整幅がとられたその商品は、すんなりと幸鷹の手首を飾った。

「……男でブレスレットは、ヤクザかサーファーっぽいんじゃなかったっけ」

「あはは、覚えてたんですね」

「うん、でも、嬉しいよ。ありがとう」

「ふふふ、まだあるんです」

　続いて少女はメガネケースからフレームが薄紫色の太ぶち眼鏡を取り出した。得意げに自分の目元に装着する。目の大きさが変わらないところを見ると、きっと度の入っていない伊達《だて》眼鏡だろう。明るい色の髪に、そのカラフルで愛嬌《あいきょう》のある眼鏡はよく似合っていた。幸鷹は懐かしさに目を細めた。

「おそろいだな」

「はい、おそろいです」

「お守りだ」

「……ずっと忘れません」

「俺も」

最後に二人はまた握手を交わし、その手をそれぞれ写真に撮った。

交流を絶った方がいいと思っていたのは、幸鷹ばかりではなかったらしい。少女もまた、プレイヤー同士が出会うことで手に入れたものと同じくらい、失ったものについて考えていた。小説が書き上がったら、お互いに昴と月子のデータを消すこと。そして、いつかまたネットの大海で知らないアバター同士として出会ったら、きっと恋をしようと約束した。

「また、たくさんの人の中から月ちゃんを見つけます」

「うん……君はほんとに、最後まで、惚れ惚れするほどかっこいいな」

「あははは、どうも。昴ごと私を愛してくれる人、見つかるといいんですが」

「きっといるよ」

そして自分も、月子の手を放さずに生きていく方法を探さなければならない。お守りの眼鏡をつけた少女と、駅の改札前で別れた。振り返った少女は少し泣いていた。幸鷹が手を振るたびに、薄紫色のブレスレットがきらきらと光った。

一日のタスクを終えた真夜中に、ビールを用意してパソコンを開く。いつもの習慣でゲームにログインしかけたところで、幸鷹はもう月子のデータを消したことを思い出した。

また新しいアバターを作って遊び始めるにしても、いくらか準備期間が必要だ。ゲームをするのはまた別の日にして、今夜は適当なネットサーフィンをして終えることにする。もう出会うことのない昴のアバターが頭をよぎり、無意識にスマホを手に取った。

金髪の少女のメールアドレスも消去済みで、残っているのはプリントアウトされた二人の小説の束と、ブレスレットと、画像フォルダの握手の写真だけだ。月子と昴はすべての交流を失い、代わりにたった一日だけ、好きな人と手をつないだ。

白くほっそりとした少女の手と、それよりも一回り大きな自分の手を見ているうちに、脳になにかが引っかかった。自分は誰かに、好きな人と手をつないでくる、と宣言していなかったか。恋バナ的な。いや、周りに恋バナをしたことなんてない。ましてや昴のことなんて話す相手もいない。でも、妙に華やかな浮ついた感覚が体の中に残っている。

思い出すのに、五分かかった。

「あ」

スマホの画像データをパソコンに転送し、幸鷹は猛然と過去の閲覧履歴を漁《あさ》り始めた。たった一度訪れただけの総合掲示板のアドレスを引っ張り出し、まだ残っていたスレッドの投稿欄にコメントを打ち込む。最後に握手の写真が自分や少女の個人を特定する要素がないことを確認し、データを貼り付けた。

【デートは成功しました！　皆さんに幸あれ！】

数分後、新しいコメントが次々に寄せられた。おめでとう。気になってたよ。スレ主、予想通りのかわいい手。なんだよぜんぜん荒れてないじゃん！　彼氏チャラそう。おめー。おめでとう！　なんだつまんね。おめでとー。ついでに俺の明日のデートも成功するよう祈ってくれ！　見知らぬ誰かの叫びに肩を揺らして笑い、幸鷹はキーボードに指を伸ばした。

解説

吉川トリコ

体を脱ぎたいと思ったことがない人なんているんだろうか。私はある。大いにある。これを書いているいまでさえ脱げるものなら脱ぎたいと思っている。慢性的にひどい肩こりに悩まされているからというのがいちばんの理由ではあるが、中年太りで鈍重なのもいやだし、近眼（最近は老眼も）なのも不便だし、筋肉量が少ないせいで脚がすぐにむくむのもいやだ。なにより、コントローラーで遠隔操作してるみたいな借り物感があるのが気に入らない。

数年前に一度だけ、ジムでヒップホップダンスのレッスンを受けたことがあるのだが、いや、ほんとにたまげた。先生の真似をして体を動かそうとしても、まったくそのとおりにいかないのだ。歌って踊る系グループの動画を無限に見てきただけあって脳内イメージは完璧にできあがっているのに、見るも無残なぼてぼてダンスをする己の姿をスタジオの鏡は残酷に映し出していた。今後いっさい「この子、歌はうまいけどダンスは下手だよね」なんてテレビを見ながら品評をするのはやめようと心に誓ったものである。

本書『眠れない夜は体を脱いで』は生まれ持って与えられた器に対する〝なんらかのままならさ〟にとらわれてしまった人たちの物語である。ボディポジティブという言葉が叫ばれるようになってひさしいが、そりゃあどんな自分でもありのまま愛せたらそれに越したことはないとは思う。思うんだけど、ポジティブにだってグラデーションがあるじゃないっすか、「自分、ブス！」と思って泣きたくなる夜だってあるじゃないっすか、とぐだぐだ言いたくもなる、そんな俺たちの物語である。

他人からの〝イケメン〟扱いと自己との乖離《かいり》に苦しむ高校生男子・和海《かずみ》を描いた「小鳥の爪先《つまさき》」は、五編の中ではいちばんシンプルで青々しい物語だが、和海の中にひそむ歪んだ欲望や暴力的な衝動がふと顔をのぞかせる瞬間を書き逃さないところが、いかにも彩瀬まるである。他人から投げかけられた一言（トゲ）に傷ついた人間が、他のだれかにまた同じことをくりかえす、その連鎖を彩瀬は逃さず書く。厳しいなと慄《おのの》きつつも、その容赦なさにしびれる。

続く「あざが薄れるころ」では、女性らしいとされる装いやふるまいを拒否しつづけてきた五十代女性・真知子《まちこ》が、合気道教室でギラギラと若く猛々《たけだけ》しい男の肉体と触れ合う姿をとおし、若さと老い、強さと弱さ、男と女、さまざまな対比を描くことで、ぐっと複雑で多層な色を帯びてくる。和海の倍以上の時間を泳ぎ続けてきた真知子はすでに少年の屈託からははるか遠い場所に流れ着き、静かな諦念《ていねん》さえ漂わせている。年を取ることは選ぶことだ。手の中に無数に抱えていた可能性を一つ一つ、道に捨てていくということだ。人生の局面で、我々は多くの壁にぶちあたる。努力ではどうにもならないことがあるという残酷な事実に直面し、諦める以外に選択肢がないことを突きつけられる。その連続が人生だと言ってもいい。

物語のラストで、幸せな夜をかみしめながらビールを飲む真知子には、捨て去ってきたものへの未練は感じられない。若いころには見向きもしなかった、ちっぽけでささやかなものかもしれないが、自分の手で選び取ったものの確かさ、豊かさに満ち足りている。重たい荷物を抱え込んで身動きが取れなくなってしまっている若者たちより、自由で軽やかに見えるほどだ。

昨今、性自認のことを「心の性」と言い換えている場面によく出くわすが、心に男も女もないだろうと今作を読んで改めて思わされもした。真知子の場合、性自認にゆらいでいるというよりは、社会から押しつけられる性役割に違和感をおぼえているように見受けられるが、私自身、女の体に生まれつき、いまのところ性自認は女であるけれど、「俺は女だ！」と胸を張って言いきれるかといったら微妙なところである。俺とか言ってるし、ゲームのアバターを男性で作ったりすることもよくあるし。もっと言えば、その日によって荒々しい気分のときもあれば、気合いを入れて〝女装〟したいと思う日だってある。

性別なんてのは、本来それぐらい境界があやふやなものだという意識がおそらく著者の根底にはあるのだろう。その人だけの性を、言葉を尽くしてオーダーメイドで書こうとする臆病で繊細な手つきに心を慰撫される読者は多いはずだ。

三編目の「マリアを愛する」では、〝夢の女〟としてフィルムに写し取られた女を外側からの視点で描く。実像と虚像というテーマは「小鳥の爪先」と対をなしているようでありながら、アクロバティックで楽しいたくらみに満ちた一編でもある。解説でネタバレを気にする必要もないと思うが、解説から読みはじめる不届き者がこの世には相当数いることを知っているので（俺のことだが）、まずは本編を読まれたい。

そしてなんといっても唸《うな》らされたのが「鮮やかな熱病」である。他の四編が社会から押しつけられるイメージや役割に違和感をおぼえ、そこから逃れたい（＝体を脱ぎたい）と感じている人たちの物語であるのに対し、今作は生まれ持った性に合わせ、その役割をまっとうし、自ら社会に寄せていった男・本藤《ほんどう》の物語である。

旧来の社会規範に縛られ、男らしさの呪いにとらわれた日本全国そこら中にいるドメスティックな〝おじさん〟を描くのがあまりにもうますぎて、ページを繰るごとに「えっきもい」「きもきもきもきも」「きもオブきもい」と怖気を震っていたのだが、その〝おじさん〟にだって若いころがあり、だれかに踏み潰された夢があり、情熱を傾《かたむ》けた仕事があり、背中をあずけた戦友がいたのだと読み進めていくうちに気づいてはっとさせられた。他者からの偏見に苦しめられる他の四編の主人公たちにはエンパシーを寄せられるのに、本藤に対してだけは私も他者の側に立ってしまっていたというわけだ。読者の内なる差別意識をあぶりだすなんて、彩瀬まるマジ容赦ねえなあ、とここで改めてぞっとした。

トリを飾る「真夜中のストーリー」は、オンラインゲーム上に自分好みのアバターを作りあげ、ネットでつながった顔も知らないだれかと交流するシーンから始まる。これ以上はなにを書いてもネタバレになりそうなので詳細は控えるが、最後まで読み終えたところでもう一度、各短編の主人公が眠れない夜に体を脱いだシーンを読み返してほしい。爆笑するから。とくに本藤。

その人をその人たらしめるものとは、いったいなんなのだろう。肉体はほんの一部、単なるガワにすぎないのに、他人からはその人のほとんどすべてにされてしまうことが少なくない。その齟齬《そご》に苦々しさやもどかしさを抱えながら、どういうわけか他人の痛みにはいくらでも鈍感になれる私たちは、自分以外のだれか（ときには自分自身）にまた同じことをしてしまう。

なりたい自分になれる場所、自分以外のなにかになれる場所、ふだんは抑圧されている自分を解放できる場所としてオンラインの世界を書く一方で、画面の向こうに存在するどこかのだれかの無数の手を、それぞれかけがえのない美しいものとして彩瀬は見事に書き分けてみせる。てっきりこれは著者のフェティシズムの発露なのかと思ったが（それもあるのだろうが）、その人だけの生と性をオーダーメイドで書こうと心をくだく眼差しにも通ずる。ぴかぴかに磨きあげられた手もケアを怠《おこた》ったずぼらな手も、丹念にその表情を書き出すことで、私たちの体を、その日々の営《いとな》みを全力で肯定しているかのようだ。

実体のあやふやな移ろいやすい自我なるものに振りまわされて、肉体をないがしろにすることもまた宝石をドブに捨てるようなことである。ただそこに在ることが、老いも若きも男も女も美醜も関係なくひたすらに尊い。こんなあたりまえのことに、本書を読むまで思いいたりもしなかったなんて自分でも驚いてしまった。

生まれつき与えられた体がしっくりこなくとも、自分にほんとうにしっくりくるものをこの広い世界で見つけ出すことは可能である。それは、図書館の蔵書から抜き出した一冊の本であったり、趣味ではじめた合気道であったり、足の爪に塗るペディキュアであったり、新しく飼い始める小さな生き物であったり、たくさんの手の中から選んだたった一人の手であったりするのだろう。むやみに明るく前向きなメッセージに鼓舞されることもあるけれど、読者の心に水のように寄り添うこんな小説が、いまの私にはしっくりくる。自分の体を思うままに動かすことへの強い憧れが私にはあるので、ヒップホップは無理でもフラダンスならどうだろう？　と考えはじめているところである。

それにしても、無数にある言葉の中から「これしかない！」という一語を選び取る彩瀬さんの文章の精度の高さにはいつも圧倒される。砂浜からたった一粒の宝石を拾いあげるような途方もない作業に思えるのだが、おそらく言葉にもフェティシズムのある人だから、その十本の指でぐへぐへ言いながら日々キーボードを叩いているのかもしれない。

（よしかわ・とりこ　作家）

『眠れない夜は体を脱いで』二〇一七年二月　徳間書店刊

中公文庫

眠《ねむ》れない夜《よる》は体《からだ》を脱《ぬ》いで

2020年10月25日　初版発行

著　者　彩《あや》瀬《せ》　まる

発行者　松田　陽三

発行所　中央公論新社
〒100-8152　東京都千代田区大手町1-7-1
電話　販売　03-5299-1730　編集　03-5299-1890
URL http://www.chuko.co.jp/

DTP　ハンズ・ミケ
印　刷　三晃印刷
製　本　小泉製本

Published by CHUOKORON-SHINSHA, INC.
Printed in Japan　ISBN978-4-12-206971-8 C1193

中公文庫既刊より

各書目の下段の数字はISBNコードです。978-4-12が省略してあります。

あ-80-2
踊る星座
青山七恵
ダンス用品会社のセールスレディは、ヘンな顧客や不倫上司に絡まれぶちギレ寸前。踊り出したら止まらない〈笑劇〉の連作短編集。〈解説〉小山田浩子
206904-6

い-115-1
静子の日常
井上荒野
おばあちゃんは、あなどれない——果敢、痛快、エレガント。75歳の行動力に孫娘も舌を巻く！ ユーモラスで心ほぐれる家族小説。〈解説〉中島京子
205650-3

お-51-6
人質の朗読会
小川洋子
慎み深い拍手で始まる朗読会。耳を澄ませるのは人質たちと見張り役の犯人、そして……。しみじみと深く胸を打つ、祈りにも似た小説世界。〈解説〉佐藤隆太
205912-2

か-61-3
八日目の蟬《せみ》
角田光代
逃げて、逃げて、逃げのびたら、私はあなたの母になれるだろうか……。心ゆさぶるラストまで息もつがせぬ傑作長編。第二回中央公論文芸賞受賞作。〈解説〉池澤夏樹
205425-7

き-41-2
デンジャラス
桐野夏生
一人の男をとりまく魅惑的な三人の女。嫉妬と葛藤が渦巻くなか、文豪の目に映るものは。「谷崎潤一郎」に挑んだスキャンダラスな問題作。〈解説〉千葉俊二
206896-4

し-46-3
Ｒｅｄ
島本理生
元恋人との快楽に溺れ抑圧から逃れようとする塔子。その先には、どんな結末が待っているのだろう——。『ナラタージュ』の著者が官能に挑んだ最高傑作！
206450-8

み-51-1
あの家に暮らす四人の女
三浦しをん
父を知らない佐知と母の暮らしに友人の雪乃と多恵美が加わり、笑いと珍事に溢れる牧田家。ゆるやかに流れる日々が心の孤独をほぐす。織田作之助賞受賞作。
206601-4